Historia de una maestra

女教师的故事

[西班牙] 何塞菲娜·阿尔德科亚 / 著

李静 / 译

人民文学出版社

著作权合同登记号　图字 01-2020-1398

Josefina Aldecoa
Historia de una maestra
© Josefina Aldecoa,1990
Simplified Chinese translation copyright © 2020 People's
Literature Publishing House
All rights reserved

图书在版编目(CIP)数据

女教师的故事/(西)何塞菲娜·阿尔德科亚著;李静译.—北京:人民文学出版社,2020
ISBN 978-7-02-012960-7

Ⅰ.①女… Ⅱ.①何…②李… Ⅲ.①中篇小说—西班牙—现代 Ⅳ.①I551.45

中国版本图书馆 CIP 数据核字(2019)第 129878 号

责任编辑　张欣宜
装帧设计　黄云香
责任印制　任　祎

出版发行　人民文学出版社
社　　址　北京市朝内大街 166 号
邮政编码　100705
网　　址　http://www.rw-cn.com

印　　刷　三河市中晟雅豪印务有限公司
经　　销　全国新华书店等

字　　数　110 千字
开　　本　787 毫米×1092 毫米　1/32
印　　张　6.5　插页 3
印　　数　1—6000
版　　次　2020 年 5 月北京第 1 版
印　　次　2020 年 5 月第 1 次印刷

书　　号　978-7-02-012960-7
定　　价　39.00 元

如有印装质量问题,请与本社图书销售中心调换。电话:010-65233595

目　录

第一部分　梦想的开始 ………………… *1*

第二部分　梦　想 ………………… *65*

第三部分　梦想的结局 ……………… *129*

……据我所知,梦想多半是幻想的调侃、灵魂的消遣。

——克维多①

---

① 弗朗西斯科·戈麦斯·德·克维多(Francisco Gómez de Quevedo,1580—1645),西班牙黄金世纪诗人、小说家,代表作为流浪汉小说《骗子外传》。

第一部分　梦想的开始

叙述我的一生……不知该从何说起。回忆总是跳跃着,断断续续。一段往事会突然浮现在脑海中,历历在目。一切都是那么清清楚楚,明明白白,似乎你都懂。即便发生时不懂,现在你也懂了……

可是,当你试图回忆人生中留下烙印的事,却怎么也想不起来,往事浮不出水面……如果你有耐心听我说完,不妨自己一点点梳理……

那么多晦涩模糊的往事,如果你想听我解释,那咱们就试试。不过,请容我慢慢道来。别让我从头说起,一年年往下说,一生不能这样回忆……

对我而言,比如说,毕业那天清晰无比。那是一九二三年十月,天飘着蒙蒙细雨。我刚满十九岁,大清早透过窗户,望着公园里笼着轻纱的树,山坡下有一团乳白色的光,像是悬在地面的一片云或一只线团。

太阳出来了,只剩几缕残雾挂在背阴角,城市的各种喧嚣蔓延开来:马蹄声、汽车喇叭声、孩子们的叫声、流动商贩的吆喝声。

这里是奥维耶多。我来自莱昂省的小山村,家乡位于阿斯图里亚斯和中部高原之间的一道山脉。我在奥维耶多的家庭膳食公寓住了很久,熟悉这座城市的每个清晨。

我在城里念了三年书,那天的某一刻,即将完成学业。记忆清晰无比。早上十点,我和同学们去师范学校,收拾书本,领毕业证,交换笔记——哪天参加教师资格考试还会用得着,互相道别,同学们有的留在城里,有的回家,比如我。

十点,我会再次看见我的名字,和许多名字写在一起:

加夫列拉·洛佩斯·帕尔多,教师……一个阶段的结束,一个梦想的开始。

我永远记得那天早上,所有同学都高高兴兴地走在街上。只有一位叫雷梅迪奥斯的同学在六月的期末考和九月的补考中都没有及格,但她也很高兴,反正要嫁人了。她说:

"有什么关系?早晚都会放弃……"

我们正在往市中心走。这时,路人纷纷往两边让,说"来了来了"。我们踮起脚,想看个究竟,我脖子都伸酸了。这些傻乎乎的细节,居然记得那么清楚……

"有人结婚。"罗莎似乎知道接下来要发生的事。的确,我们看见清空的街道中央驶来一辆精心装饰的敞篷车。谈论声小了,大家都专心致志地看。婚车经过时,能清楚地看见新郎新娘。

新娘坐得笔直,很傲气,时不时地想着应该面带微笑,于是便挤出一点点笑。她黝黑,清瘦,眼里没有一点情愫——可我却注意到那双眼睛又大又亮,额上箍的白纱落在肩头,滑向后背,右手握着一束花——我见她握得太紧,指节发白,左手戴着手套,右手的手套没戴,耷拉着,和花一起攥在手里。

"她不开心,"罗莎告诉我们,"听说家里人不同意……"

我没觉得她不开心,新娘只是紧张,想赶紧走完这段路,回家或去酒店,去某个举办婚宴的场所。

婚车经过的那一刹那,我定睛注视新郎。他年轻,严肃,蓄着黑黑的小胡子,更显神情坚定。他身着礼服,目光越过周围一大群人,落在街道远方的某个点上。不知为何,我心里想:他魂不在。婚车驶过,我对朋友们说:

"新郎在想别的事,他魂不在……"

罗莎坚持认为:

"新娘不开心,家里人觉得新郎不配……"

之后,我们沿着公园小路往上,笑嘻嘻地大声说再见。新郎新娘早已被我们遗忘,大家只顾一个劲地憧憬即将开始的新生活。

我多次回想起那场婚礼。几天后,我在报纸上读到简讯,那些名字对我没有任何意义:"……卡门·波罗·伊·马丁内斯-巴尔德斯小姐与堂①弗朗西斯科·佛朗哥·巴

---

① 堂,用于男性人名前,表示尊称,女性人名前用"堂娜"。

阿蒙德中校喜结连理……"

当年,名字对我没有任何意义。多年以后,这两个名字无处不在。当年的我并不知道,他们会永远决定我的命运。

"老师,我得提醒您,他们会让您好看,之前那个老师压根儿就不管教……"

我不知该如何回答。说话的男人在慢悠悠地吃饭,用折刀切一小块腌肉,铺在面包上。他似乎就在眼前:干瘦,壮实,又矮又黑。村长派他来接我进村,村子在山沟里,这是我第三回当代课教师。

长途车停下时,他就坐在广场长凳上。终点站下车的乘客共三位:一个生意人,穿着脏兮兮的斗篷,提着旧公文包;一个牲口贩子,穿着皮大衣,系着腰带,戴着贝雷帽;而我提着父亲出门用的那只黄铜包角箱。父亲很少出门,箱子陪他打过菲律宾战争、古巴战争,还陪他去马德里办妥了在铁路局工作的各项手续。

我不胆小,当年胆子更大,可是,男人的这番话还是听得我头皮发麻。站在空荡荡的广场上——人都在家吃饭呢,还是在地里干活呢?我很害怕。

我想起同年级的罗莎。"不把我分到离家近的村子,我才不去,"她老这么说,"宁愿留下来等……""等什么?"我问。可她只是说"等"。确实,她父亲是客栈老板,能保她半辈子衣食无忧,甚至能让她有机会找个合适的男朋友。她老说:"我们都要找个合适的男朋友……"

记忆是选择性的,记住所谓的好事,过滤掉其他忧心事。

我永远不会想起第一回当代课教师的学校,那是一次失败的经历。责任在我,因为个人原因,我不知道该如何在短时间内真正融入村子。我想好好整理思绪,可是,有些回忆就像活蹦乱跳的鱼,一不小心就从手里溜走。

村子在铁拉德坎波斯地区。第一回是父亲送我去的,我仿佛还能清晰地看见它出现在地平线上。我们从火车站步行了好几公里,突然一拐,两座缓丘的膝上坐落着棕黄色的村落,有教堂,墓地门前有两棵树。每次想起这幅场景,我都很不舒服。黄昏时分,孤零零的田野,紫红色的天空,暴风雨就要来临。回忆跳到村口路边的客栈,我缩成一团,坐在长凳的最边上,面对一张长桌。桌边坐着脚夫,赶路累了,停下歇脚。他们用大肚水罐喝水,寡言少语,在草垛上睡觉。罗莎会说:"这些人做男朋友不合适。"他们看着我,我感觉他们的目光背后藏着许多渴望。巨大的渴望,深深的疲惫。

回忆好比拼图游戏,这几片对不上那几片,我从客栈跳到学校。第一天,我准备了一篇演讲,愣是没讲出来,只会问:"谁识字?"金发小男孩说:"我识字。""其他同学呢?"我又问。"其他同学都不识字,"小男孩回答,"要是他们识字,就不来这儿了……""那会去哪儿?"我傻傻地问。他微微一笑,说:"去干活。"

我记得在尘土飞扬的路上散步,带本书,坐在路边的排水沟旁,望着周围赭红色的土地。太阳落山时,天空变幻成紫红色,玫瑰色,金色,我很想哭。

谁也不接近我,谁也不想知道我在做什么,只有孩子们每天来上学。我尽量关注到每个孩子,不停地编班、拆班,按年龄,按个头,按聪明程度。我一遍遍地讲解,一遍遍地询问:"听懂了吗?"他们怯生生地点头,听我讲。

我住客栈。房间小,墙粉刷过,家具只有一张床、一把椅子。床单是自家织的粗布,褥子里包的是河沙。"比麦秸干净、软和,不像麦秸戳人。"老板娘向我解释。睡觉前,我把椅子拉到窗口,望着窗外。夜晚明净,有庄稼味,炊烟味,家家户户的烤面包味。

"这就是我的未来?"我问自己,"这就是我的梦想?"

孩子们在进步。跟我学了两个月,三分之一的孩子已经识字。我开始做老师了,我想,要学的还很多。

一天,村长过来对我说:"您得走了,正式教师下礼拜到。"他给我看督导通知。我跟村长只说过两次话:到的那天,父亲带我去打招呼;还有一天,我永生难忘。那天我去散步,见村长在挖卡在麦茬里的麦粒,用折刀挖,挖出来的麦粒放在一只粗棉小口袋里。"消磨时间,找点事做。"他对我说。我想:这得要多少天,才能把小口袋装满?想得我胸口堵得慌。村长是村里的有钱人,却不厌其烦地弯腰,不放过任何一颗麦粒。

如果要找回忆那个村子的画面,我会选择这幅:老人穿着破旧的灯芯绒西装,黑帽子压着眉,面朝黄土背朝天。

如果说我对第一个村子没有多少记忆,那么对第二个村子的记忆更是少得可怜。

第二个村子出产葡萄酒,我从九月开始上课。第一天来了十个孩子,很快只剩下三个。"人都去哪儿了?"我问。"摘葡萄去了。"学生回答。等人陆续回校上课,我又被撵回了家。短短两个月,怎么能记得住?等了一段日子,我又被分到第三所学校。这回准能待得久,谁也不会申请去山沟里的村子,谁也不想被大雪封山。于是,我满怀期望,兴冲冲地去了。瞧瞧这是什么地方?脚刚落地,接我的向导就说:"老师,我得提醒您,他们会让您好看……"男人吃着饭,时不时地喝一口酒囊里的酒。"来点儿?"他后来邀请道,指了指面包夹腌肉和葡萄酒。我摇摇头。他吃完午饭,折刀在剩下的面包上擦拭干净,砰地合上,将干粮包在一块貌似不太干净的布里,装进背上的皮口袋,将酒囊系在皮口袋上,说:"咱们走!"他指指拴在广场一根石柱上的马。

不知怎么,我就骑上了高头大马,坐得笔直,两腿挂在一边。

"侧身坐,好!女人就该这么坐。"广场背阴处走出一个女人,评论道。

向导用绳子把箱子绑在我身旁,我靠着箱子,感觉有了依靠。箱子里装着我的宝贝,是我和家、我和家人、我和世界的纽带。

向导喊:"驾!"马儿开始慢慢往前走,村子外围的街道上,响起了嗒嗒的马蹄声。向导在不规则的鹅卵石地上跑,溅得我新鞋上满是泥点。马儿下坡,来到一座木桥旁。河道不宽,水流湍急。我紧紧地抓着坐垫,告诉自己千万别掉下去。一路晃悠,箱子角硌着屁股,敲过来,敲过去,隔一会儿痛一下,痛得我直想哭。但我依然在想:我不能掉下去,也不能掉眼泪。谁也不能让我好看。我手续齐全,村长接到了我要入职的公函……

我越走越气,火气升到了嗓子眼。自从看见大村子周围的绵绵群山,山路迢迢便让我郁闷不已。如今,火气已经超过了闷气。

"翻过前面几座山,最高的那几座,拐个弯,就是您要去的村子。"长途车司机帮我下车时告诉过我。

如今,我们仨跌跌撞撞地走在狭窄的小路上:向导牵着缰绳步行,马儿一定习惯更重的背负,而我贴着箱子骑着马。

灰色的岩石上有斑斑点点的绿,全是从石头缝里顶出来的。雄鹰当空,掠过头顶。路越走越窄,变成了羊肠小道。下方小溪流过,窄窄的一溜溪畔,是窄窄的一溜草地,沿着溪水蜿蜒向前。

"鳟鱼,味道好极了。"向导说。

没过一会儿,他又说:

"冬天没人过桥。您瞧,天气好才能通行。古话说得好:冬日里,雪花飘,几个月,成孤岛……"

三十个学生。他们面无表情,默默地注视着我。最小的在第一排,坐在地上;后面是半大不小的,有课桌凳;最大的在最后一排,站着听讲。桌上有份学生名单:三十人,六岁到十四岁不等,合班上课,男女混班。这就是命!我冲他们微笑,说:"我是新来的老师。"似乎还有人不知道,似乎昨天他们没有偷偷地等我到来。记得最后一排个子最高的男生,看上去不止十四岁。昨天我从他面前经过时,他猫在一棵树的半高处;如今,他默默地看着我。我问他:"你是最大的,对吗?"他摇摇头,指了指貌似年龄更小的女生。

"你叫什么名字?"我继续问。"赫纳罗,磨坊家的赫纳罗。"他回答。"姓什么?"他嘟囔了一句,听不清。"好吧,赫纳罗,你来做我助手。"他不动,我只好请他,"到我这儿来。"他走出最后一排,走过板凳和墙壁间的短过道,在我附近停下,没有走到我身边。

"学校又脏又破,"我对所有人说,"咱们来打扫一下。不能在这么丑的地方学习。"

然后,我吩咐赫纳罗:

"放学后,去找石灰和刷子,再找四个大同学一起留下。"

接下来,我问多少人识字,多少人会写字,举手的人很少。于是,我给他们分组。最小的挨着我,我对他们说:

"你们不能坐在地上。明天,每人带一张椅子来,再带一小块木板,放练习本。"

谁都没有练习本。我从日记本上撕下一张纸,记录道:"跟大村子要三十本练习本、三十支铅笔。"

当天傍晚,当群山的影子早早地投向山谷时,玛丽亚家的厨房门开了,村长没好气地站在那儿,没脱帽子,没进门,用手杖指着我说:

"您不是来粉刷教室的,是来好好教学生的,别再刷墙了……"

他说完就走。我到门边,目送着他的背影消失在小巷中。半轮苍白的月亮挂在两座山之间,河边传来犬吠,村里的狗也跟着吠,吠声悲凉。我深吸一口清新的空气,田野的芬芳阵阵袭来,有干草垛的味道,肥料的味道,还有酸牛奶的味道。

每当我想起年轻时去过的村子,首先唤醒的总是那些颜色和味道,那些最基本的感觉。就算我说想起这个或那个,其实不然,都是岁月流逝后平添的想象,只有那些感觉最靠谱。说到村长登门,我又感受到当晚清新的空气和田野的芬芳。

师范学校有个老师超爱做煽动性演说,他总是一边翻白眼,一边跟我们讲身为教育工作者的重要性:

"跟孩子相比,最昂贵的珠宝也不值钱,最美丽的植物也只是一抹绿,最复杂的机器在这个会思考、会哭、会笑的孩子身旁,也会不完美。而这个神奇的个体,连大自然也为之折腰的未成年人,被交到你们手中,确切地说,将会被交到你们手中……"

他叫堂埃内斯托,似乎肩负的使命就是给我们打气,让我们对教师职业充满热情。我会时常想起他,苦涩或开心地想起他的那些豪言壮语:

"祖国、社会、父母都期望你们能在未来公民的身上创造奇迹,启迪智慧,铸造性格……"

如果他看见我初到村子被迎接的场面,会怎么说……!

在离村子很远的地方,向导告诉我:

"翻过那座山,拐个弯就到了……"

山谷很小,下面河边没几栋房子,大部分房子建在山坡上,免得涨水时被淹,或入侵时难以防御,我瞎猜的。总之,村子突然出现在眼前,毫无预兆,猝不及防。

我们钻进第一条小巷,来到一个十字路口,旁边有若干条街道,设计得糟透了。路口宽敞,中间有个喷泉。

"这是村广场。"向导告诉我。

广场上有人。男人、女人、孩子都一身棕,只有深玫瑰色的毛衣或亮绿色的围巾能提点色。他们聚在那儿,像是等我,看不出彼此之间的关系。

他们不说话,不议论,不笑,只是站着,彼此挨着,像是互相依靠,好让等待不那么难挨。小伙子们有些爬上羸弱的树,有些爬上菜园、庭院或马厩的石墙。

一位壮实、阴郁的长者特别显眼,他对我说:

"我是村长。我把村委会的人全找来了,都在这儿,看谁愿意带您回家。"

向导扶我下马。我在马背上绷了好几个钟头,脚一落地就膝盖打弯,差点摔倒。初次见面便如此不雅,真是糗大了。我试着微笑。

"下午好,"我对村长说,"我叫加夫列拉·洛佩斯。"

村长继续说:

"人都在这儿,看谁决定带您回家……"

他气呼呼的,不像找人帮忙,倒像找人挑战,似乎言下之意为:看谁有这个胆子……大家都不说话。身边的老太太低语道:

"堂文塞斯劳说……"我只听明白这些。

她拉着我的手走出人群。其他人或敌视,或冷漠。向导嚷嚷:

"箱子谁提……"

老太太过去提。

"雷蒙达,别摔着。"向导低声笑话她。

她没说话,只是狠狠地瞪了他一眼。

老太太带我在石头和水洼间,一路上山,走到路尽头的大房子前。

"这里是堂文塞斯劳的家。"她轻轻推我进门。栎树大门,钉着钉子。门上有一枚简单的石头纹章,很破旧,倒是为大门增色不少。

房子后面的山压在村子上头,茂密的树林里,长着山楂树和欧洲山毛榉。

我来村里一周后,神父出现在校门口。正好是课间,孩子们跑过去亲吻他的手。

"早上好,神父先生。"孩子们齐声向他问好。赫纳罗在教室,帮我把凳子顺墙放。

"老师,在忙什么呢?"神父问,将教室门堵了个严实。

"您瞧,把凳子顺墙放。"

"孩子,为什么要这么做?"他饶有兴趣地问。

我走到他身边,他伸出手,高高地凑到我面前,让我亲吻。我凌空接住,勉强握了握。

他还在看凳子和教室中间的空地。

"您要干什么?"他又问。

兴师问罪的口吻让我有些犹豫不决。

"想让孩子们表演节目:排个剧,唱唱歌。打算找个故事,排……"

"您给村子带来不少现代玩意儿。"神父摇摇头,态度瞬间变了,变得和善,几乎谄媚,"今天我去邻村听忏悔,心里琢磨着应该过来瞧瞧老师……"

我礼貌地笑了笑。

"孩子们的教义问答掌握得如何?"他紧接着问。

"他们几乎什么都掌握得很糟糕。"我含糊其词地回答。

"瞧瞧您能否让他们进步。"神父说,语气又变得狡猾多疑。

他收拾长袍,搭在肩上,双手轻提教士服,免得蹭着地上的泥,沿着街,渐渐走远。

十二点,我锁上校门,想去吃饭,见神父的马拴在村长家门口。

"应该在吃饭。"赫纳罗走在我身边,"他们一起吃个饭,处理些事情。"他继续说,"他们不想让您住在堂文塞斯劳家……"

父亲的头脑十分清楚,在教育我的问题上,态度既自由又谨慎。母亲心肠好,却没有存在感,将子女教育全权交给我无条件崇拜的父亲。我之所以有今天,或至少之所以有当年,完全是父亲的功劳。父亲是铁路局的普通公务员,每天坐在桌边,用一手漂亮的钢笔字写货品清单、火车时刻表和重要日期;回家则闭门读书。

如今,当我冷静地回顾往昔,父亲的求知欲、对崇高目标的渴望对我影响至深。"上帝并不存在。"他告诉我,两眼放光,发现让他振奋,"上帝的存在方式并非像上帝的信徒们所认为的那样。如果上帝真的存在,它就在我们周围:上帝是海,是山,是人……"母亲只听不说。有一晚,我听见他俩在嘀咕。母亲说:"她是个姑娘。你往她脑子里灌输这些念头,早晚会让她碰上各种不愉快。"

父亲常和我去散步,出村沿公路往北;或去附近爬山,走他十分熟悉的山路。那是最美好的时光,我与他单独交谈,或他说,我听,听不懂就打断他,让他答疑解惑。

有时,他会若有所思地停下脚步,望着我。

"你认为我疯了吗?"他问。我忙不迭地说没有,牵着他的手,对他笑。"生活变幻无常,让人难以接受。"他说,"因此,你要理解,有些人需要宗教去应对内心的恐惧。"

当年,我并不理解,但我接受了他的忠告:"尊重他人,尊重并试图理解他人。"

我试图理解我不该住进堂文塞斯劳家,可我理解不了。这是强加意志,是滥用职权,是无端逼迫。我被拎我箱子的老太太推进门时,身后就有木屐声,敲打在石子路上。雷蒙达对我说:"进来,进来,请进。"她指着门廊尽头关着的一扇门。我走过去,把门推开,温暖明亮的客厅出现在我眼前。偌大的房间里,点了好几盏灯,散发着淡淡的油灯味。生火的壁炉旁,一位老人坐在扶手椅上,不,是陷在扶手椅中。他看着我,无意起身,叫我"过来"。声音比身体年轻,声音很坚定,身体不结实。我向他走去,他伸出手说:"您还是个孩子,就当老师了!"他两只手握着我一只手,握了一会儿,请我坐下:"谁也不想带您回家,是不是? 其实,是他们运气不好。之前的老师是回家住的,自家村子离这儿不远……"

他的眼睛很有神,迅速将我从上到下、从左到右打量一番:

"您想跟我们住吗?房子很大,地方多的是,雷蒙达会带您转一圈。村里没别的体面住处……"

门廊里传来声音,好几个人同时说话。不一会儿,雷蒙达没敲门,直接进屋。

"堂文塞斯劳,村长说铁匠铺的玛丽亚愿意带她回家。"她指着我,似乎我是一件终于找到买家的拍卖品。

"我懂,"老人说,"尽管没人愿意,到底是冒出个志愿者……随您的便。您要是在那儿住得不舒服,这里永远欢迎您……"

他闭上眼,宣布会面到此结束。我越发迷惑:是走,还是留?是一口回绝,还是乖乖就范?主人无意插手,让我自己决定,雷蒙达在等。

"好吧,我去,再见。"

老人嘟囔一句,挥手向我道别。

根本没有选择余地。赫纳罗说得没错:别人替我决定,我不能住在主动邀请我的房子里。

"你说他们为什么不乐意?"我问赫纳罗。他不说话,想了想,在找词。他犹豫的不是说什么,而是怎么说。

"我觉得,他们认为您和那个男人单独共处,是罪过。"

"我觉得,"父亲在信中写道,"他们这么做,是因为道德上的顾忌。别忘了,他们心胸狭隘,愚昧无知。你要尽量将他们的子女培养成不一样的人。"

和赫纳罗一样,父亲也认为他们出于伦理道德上的考虑,不让我住在堂文塞斯劳家的大房子里。他们要保全我的好名声,不让我成为坏榜样。不管怎样,那些理由所谓崇高的一面让我无法接受。

后来,我渐渐发现了他们非不让我去住的真正原因,和堂文塞斯劳宽广的心胸有关。他们害怕我与他为伍,会变成村里的危险势力,拥有智慧的力量。

每天临睡前,我会在烛光下写授课日记:

"我把孩子们分成三组:不识字的一组;勉强读书写字,正在进步的一组;最后,会读书写字,基本游刃有余的一组。我会安排一些孩子做算术,另一些孩子做语文,最落后的我手把手教,方法是以读促写,效果很好。

"我会逐步更换活动方式:教最差的孩子数数,让中等的孩子大声朗读,安排最好的孩子写作文。课间休息后,早上最后一个小时,我给所有孩子讲些最基础的知识,一天科学,一天地理,一天历史。

"孩子们普遍一无所知,我用同样的词汇,同样的内容教三组学生。

"这些孩子没听人解释过地球在宇宙中的位置,欧洲在地球上的位置,西班牙在欧洲的位置,我觉得他们甚至不知道自己在西班牙的什么位置。发现地球转动、昼夜交替、四季轮回让他们兴奋不已。我拜托带我进村的向导、专门跑腿的卢卡斯去买个地球仪……"

堂文塞斯劳让赫纳罗捎来口信:地球仪不用买,大村子也买不着。他有一个,让我有空去拿……

天色已晚,我没想这时候去大房子,玛丽亚却已经嘟囔上了:"现在去可不是时候。"说完,指指一堆锅之间为我腾出的位置:

"老师,可以做晚饭了。"

我把玛丽亚借给我热牛奶的豁口陶锅放在火上,几片薄薄的粗面包落在陶瓷大碗中,面包是单独留给我的。

"有蜂蜜。"她告诉我,"您想要的话,我给您单独盛一小杯。"

我有我的面包、我的蜂蜜、我的盘子、我的勺子,所有物品单独放,样样都要付钱给收留我的玛丽亚。她从一开始就提醒我:"只要我有的,您尽管要,我给您单独放。您该付多少钱,我会记在脑子里。"

每到傍晚,忧伤总会袭上心头。我家也在农村,习惯了村里安静的生活,翻来覆去没几件事。可是,我们村有条大公路,人来人往,车来车往,卡车、轿车、马车,什么车都有;还有个火车站,每天来往四班车,两班往北,两班往南,开往卡斯蒂利亚。

站在窗前,我就能看见火车,白天晚上都能看见,思绪也会随着火车头冒出的烟随风飘散。我们村很热闹,周六有大集市,偏远山村的女人们带着活蹦乱跳的小鸡、小兔,还有一堆堆洋葱、四季豆、西红柿前来赶集。摆货摊的、卖牲口的,各种生意人早上先去火车站酒馆喝杯渣酿烧酒,再去摆摊卖东西,跟买主讨价还价,摆到下午早些时候收摊。

我在村里有朋友,有亲戚,有熟人。走在街上,不停地有人跟我打招呼,站住问我问题,告诉我新闻和传闻。我们村生机勃勃,可我总想离开,读书、念大学可以开阔眼界,去更远更好的地方,才不要留在大山里,留在天黑就让人伤心的村里。

我想跟玛丽亚说话,问她村里和村里人的情况,可她不愿搭理我,只回答那些"是"或"不是"就能打发的问题。她一个人住,所以才收留我。她是铁匠的遗孀,没有孩子。铁匠铺原本就开在家里,如今铁砧息声,炉子熄火。铁砧曾经叮叮当当,炉子也曾火光熊熊。可是,她不知该如何叙述过去的日子,也许分不清如今的孤独和过去跟她男人同桌吃饭、同枕共眠却无话可说的孤独有什么区别。

晚上上楼回房间,玛丽亚给我一个烛台、一截蜡烛头。我想点蜡烛看书,却从来不跟她说,只会经常托卢卡斯去买。每到这时,玛丽亚总会叽里咕噜,不知所云,既像动物哼哼,又像人在说话。

"……比出殡用得都费……"我好不容易听清,明白她在说蜡烛。

新邻居们要么不太会表达,要么不太爱交流,结果,我的日子过得像鲁滨孙一样孤独。我突然想起,这本书很适合给孩子们读。可我又很快打消了这个念头,把书还给原主人堂文塞斯劳,觉得无法让孩子们感受到主人公被抛在荒岛上的与世隔绝。书中的场景太过遥远,我只要诉说自我流放的经历,便能激发他们的兴趣。他们就是真正的鲁滨孙,地处偏远,游离于文明与进步之外,却不自知。

"老师,您看这孩子怎么了?我瞧她气色越来越差,快不行了……"

女人啜泣着,用草编手帕去擦干涸的双眼。她看上去像个老妪,满脸皱纹,牙齿都掉光了,可怀里的孩子就是她生的。放学了,她在校门口向我寻医问诊。我一头雾水,瞅瞅裹在黑色羊毛披肩里的孩子,不知该如何回答。孩子小小的,面色苍白,看样子也就几个月大。"……她总是这样,像睡着了……"

"最好去看医生。"我小声说。

女人瞬间愤怒起来。

"医生才不管我们。他一个人管七个村子,从来不到我们村。"她尖叫道。

"孩子多大?"我居然装博学,问她。

"六个月。"女人回答。她突然很有兴致,一本正经地专心回答。

"吃什么?"我在回忆育儿书上的基本常识。

"喝奶。"她指指自己干瘪的胸部。

"一开始她喝,现在连奶都不喝,连喝奶的劲儿都没有……"

"饿的。"我说,"我觉得她是饿了。"

"饿"是个挺可怕的字眼。我不是怪她,可听上去就是,我怕她反应过度。

"我奶大了五个孩子,"她说,"个个都长得挺好,一直喂到断奶……"

她小声回答,倒是没生气,只是一下子泄了气。以为我懂得多,其实不然;以为我会帮她,唯有失望。

"为什么不热点牛奶兑水喂她呢?一点点喂,看她喝不喝……"

她没应声,转身抱着孩子走了。我跟玛丽亚聊起,她平时不说话,那天突然开口:

"没错,她是养了五个孩子,不过,死了三个。"

她冷冷的,像在说牲口,一脸漠然。

"她靠卖牛奶为生,她家奶牛也挤不出多少奶。"我想多了解那个女人,赫纳罗告诉我。

我带着疑问去请教堂文塞斯劳,他沮丧地摇摇头。

"愚昧!"他说,"这些人压根没人管,只有兽医隔三岔五来一趟。他收费,按服务合同收费,负责每家每户的牲口。医生不同,医生不按服务合同收费,能来的时候才来,成天骑马在山里走,走村串乡。您想怎么着?除非谁得了重病……"

孩子快死了,还不是重病?连堂文塞斯劳都说出这样的话?我不禁目瞪口呆,他注意到我的表情:

"别泄气,那孩子会好的,您等着瞧……"

我等到了那一天。十天还是十二天后,女人又来校门口等我,没牙的嘴巴咧开来笑:

"没错,您医得没错。她喝奶了,也动弹了……"

不知怎么,我的名声不胫而走。教了一个月的书,放学后总有女人等,咨询的疑问五花八门,不止看病,大部分我能靠常识和善意解答。针对这个新情况,我想到更加行之有效的办法。我去找村长,对他说:

"如果您同意,我想开个成人班。女人们老是来问我问题,我觉得最好能固定一个时间,让我准备准备,说点她们感兴趣的事……"

村长本能的敌意还在。

"女人要学什么东西?"他说,"家里和牲口,就够她们忙活的。"

我不再跟他理论,打定主意要把这事给办成。村长以为要将我的理由尽数驳回,没想到一条也没听见,于是态度和缓许多。

"您想怎样就怎样吧,您想办的事总能办成……"

我知道他会打听我的一举一动,有看不顺眼的事,他会找人提醒。

于是,我安排每周一次课,周四上课,女人们想来就来。我从家庭卫生说起,开始来四五个,过了一阵子,增加到十个。

十月底,天气变糟。秋日湛蓝的天空布满了云,凛冽的北风呼啸在山谷和山岭。万圣节清晨下起了雪,我打开大门上的小门,见三三两两的人群正在往墓地走。有人捧着一小束紫红或粉红色的花,都是前不久还顽强生长在高山牧场上的野花;有人捧着红色天竺葵,种在自家门廊避风角马口铁花盆里的。丧钟为死者而鸣。

玛丽亚捧着一根蜡烛,打算去教堂。她咕哝道:"蜡烛比花管用。"出门关门时,站在外头跟我讲:

"别站那儿,容易感冒。"

我乖乖听话,关上小门。厨房很暗,只有炉膛里有星星点点的光,柴火慢慢燃尽,火光忽闪忽灭。

冬天虎视眈眈地就要来临,不能再去附近林子里散步,十月照亮树叶的和煦阳光也一去不复返。初雪预示着许多灰暗的日子,也预示着村庄彻底沦为孤岛。有时,一连好几个月,人和马都进不来,村里人连信都收不到。

学校是我唯一的寄托。那时候,我开始觉得,专注于本职工作内心会充实,无与伦比的充实。我全身心地投入到工作中,工作激励我开辟出新的道路。每天都有新困难要去解决,新挑战要去面对。孩子们进步着,激动着,学习着。他们学,我也在学,为成果而兴奋。

我再也没有如此真切地感受到做的事这么有价值,觉得生活中有学校,足矣。每天走进学校,关上门,孩子们的目光、笑容、敛声屏气的专注、对共同发现新事物的如饥似渴,都让我心醉神迷。我们读书、做算术、做游戏、画画、探寻遥远的时空、沉浸于身边的微观世界,大自然的奇迹无处不在。发现美洲后,又飞奔着去发现血液循环;解完算术题,又去思考一首诗的含义;还有,星星为什么会发光?人为什么会飞?为什么这个,为什么那个……

我对自己说:天底下没有比这更美妙的事,和孩子们分享我的知识,唤醒他们自我探究的意愿。为什么会发生这些自然现象?为什么会发生那些历史事件?这就是教师职业的神奇之处。我初为人师,尽管天在下雪、厨房很暗,尽管表面上付出很多、获得很少,但这份工作让我开心。也许正因为如此,年轻气盛的我头脑发热,眼前出现了英雄主义光环。很久以后,我才会意识到——孩子们给我的远比我给他们的更有价值。

赫纳罗家的磨坊在山下河边,白色的小房子,挨着水磨,从学校就能望见。一天,我问他:"麦子从哪儿来的?"

"山谷市场上买的,"他回答,"从平原地区的人手里买,拿咱们冬天做的木头物件跟他们换。您来磨坊,让我爹给您解释。"

他爹没给我解释多少,可去一趟磨坊,让我对另一件事产生了兴趣。见到赫纳罗的家,认识了他父亲,我可以更好地想象他的生活是什么样。

只有一间屋子可以住人,里面有一张破床、一张桌子和一张长条靠背椅。他母亲去世后,两个男人相依为命。

赫纳罗想请我吃点东西,抓来一小把蓝莓,放在我面前,让我尝尝。

"我去狗熊牧场放羊时采的……"

父亲沉默寡言,性格孤僻;儿子很为他自豪,说他背粮食不费吹灰之力。

"很重都能背。"他告诉我。

赫纳罗的身上有种东西一开始就触动了我。学生们普遍表情木讷,只有他说话还算利索。他知道物品的名字,词汇量还行,思维敏捷,反应迅速,会讲故事。

村里人能说上话的,我想,也就赫纳罗和堂文塞斯劳。

把两人放在一起,我有种奇妙的发现。他们有同样的目光,同样的笑容,倾听时微微抬起下巴的模样也很像。

"赫纳罗在学他,"我对自己说,"他明白,堂文塞斯劳是村里唯一值得去学的人……"

"杂种只能去死。"我把印象告诉玛丽亚,她答得隐晦。我常找机会跟她聊天,不想让她对我那么疏远。

当时,我正在取炉子上的热牛奶。

我说:"没听懂。"

她说:"聪明人一点就……"

我差点把碗摔了,连珠炮似的向她提问:"怎么回事?什么时候?在哪儿?……"

"她替他工作,他还是个壮实男人。她死的时候,他已经坐了轮椅,后来再也没站起来。"

"那她丈夫、赫纳罗他爹呢?"

"他收养了那孩子。她死的时候,孩子四岁,没说要把他给老头子。老头子去过磨坊,两个男人关起门来说话,赫纳罗他爹不知道跟他说了些什么,反正孩子从此归了他,一直到现在……"

"赫纳罗知道吗?"我问。

玛丽亚耸耸肩,难得说了半天话,累得要命。看得出,这个故事唤起了她对村里某些重大事件的热情。

"现在不知道,等老头子一死,让他继承财产的时候自然知道。总之,听说,谁也不能从他手里夺走财产……"

去磨坊后没几天,村长派人带信给我,让我去他家,另一位女教师想认识我。

我既好奇又迷惑地来到村政府,就是个摆着桌子、椅子、一个文件夹——没装几份文件——的屋子,其余屋子就是村长家。

我穿过黑乎乎的门廊,叩门。开门的是个老太太,二话不说,带我往屋里走。潮湿的厨房里,大家刚吃完饭,桌子还没收拾。桌边坐着村长夫妇和另一个女人,黑灰色的一团,小个子,居丧,短发,缀着银丝。

我站着等,没人请我坐下。

"埃莉萨,她来了,这位是新来的老师。"

埃莉萨看着我,小眼睛埋在浓密的花白眉毛下。

"你好,姑娘,"她问,"在村里过得好吗?"

"很好。"我回答。

"开始会困难些,慢慢就习惯了。小孩子就像小动物,要管教。不听话,就打……"

我没吭声,还是没人请我坐下。他们冷冷地端详着我,似乎没想好是搭理我,还是打发我走。

"我嫂子埃莉萨刚退休,来看我们。她是个好老师。在学校,孩子们动都不敢动,对她尊敬得很……"

说话的是村长,他冲我似笑非笑,挖苦,不恭,让我毋庸怀疑:表扬嫂子就是批评我。

"要是没事……"我作势要走。

这时,外头有人说话,给我开门的老太太出现在门口,身后似乎是个抱孩子的女人。

"我孩子死了,"女人嚷嚷,"她死了。"又冲着村长嚷嚷:"你瞧!不给我找医生,现在人死了,你去埋……"

话虽这么说,她却不肯松开死去的孩子,把她紧紧地抱在怀里。饭桌边的三个人一动不动,不说话。

女人看到我,同样义愤填膺地对我说:

"她喝不进牛奶,像是要喝,很快又蔫了……"

我轻轻地拉着她的胳膊,带她往外走。我不想去看已经死去的孩子。女人一个劲地说:

"她喝不进牛奶,开始像是要喝,没一会儿……"

没牙的嘴巴张着,再也发不出声音。她默默地看着我,悲痛不已。感觉她在无声地质问:你的建议有什么用?还有:你是谁?凭什么给我建议?

附近房子里,走出一个女人,来到我们身边。

稍远的房子里,走出另一个女人。在抱着孩子——轻飘飘的,没什么分量——的女人身后,我们形成了一支小小的队伍。

回到家,玛丽亚说:

"我跟您说过,她死了三个孩子,如今又加上这个。可是,她还会生更多……"

我教玛丽亚各种织毛衣的方法:平针,花针,镂空针。她手笨,粗糙的手指会钩着毛线。毛线是她冬日夜晚里自己纺的,白色的绵羊毛,女人们用来织袜子、袜套、坎肩。可是,她们不会经编针织。没过几天,两个女邻居也来了,同样的兴致高涨,同样的笨手笨脚。白天渐渐变短,秋日的下午阴沉沉的,笼罩着全村,小小的女学生群体不断壮大。

"教教那些女孩子吧,"她们对我说,"比认字有用。"我只好请卢卡斯多买些毛衣针来,我的已经不够用。在学校,每周一个下午,我跟大一点的女孩子有言在先:

"认字、算术、课文更重要。可是,你们也得学会这些。"

男孩子们也想学,我觉得教他们并无不妥。没上几节课,赫纳罗就告诉我:"酒馆里的人说,您想把男孩子教成女孩子,让他们没力气去干男人该干的活……"

男孩子们一点点地退出,只剩下女孩子。我借此机会告诉她们,尽管别人那么说,男人和女人只有生理上的差别,没有智力和能力上的差别。她们惊恐地看着我,坚信男人有绝对的优势,男人可以猎野猪、用斧头砍树。我跟她们解释,体力是体力,还有一种力量,叫思考和解决复杂状况的能力。

我相信她们能听懂。我还学到一样东西:课与课之间相互关联,如果我们想给这些半大不小的男孩子、女孩子们真正的教育,这些课和官方必修课同样重要。

堂文塞斯劳经常通过赫纳罗给学校送些小礼物。看来,赫纳罗跟他说过学校缺各种教具,我们想各种办法凑合。

他会时不时地请我去喝下午茶,雷蒙达准备了巧克力茶和抹了黄油的面包片。谈话十分愉快,一直聊到晚饭前。

我早早地告辞,怕村长和村民们不满我在单身男子家逗留。

我很年轻,于是觉得大房子的主人是个不折不扣的老人。尽管堂文塞斯劳永远坐在椅子上,但他不过六十出头。"我知道您父亲也许比他还年轻。"雷蒙达对我说,"可是,如果您愿意,孩子,如果您愿意,来做这栋房子的女主人吧!别管那些小孩子和学校了,我想看您做这儿的女主人……"

雷蒙达凭借农村人的想象力,做着荒诞不经的梦,让我哑然失笑。

一天,堂文塞斯劳早早地回房休息,雷蒙达把我留下,给我讲主人的故事。之前聊天,我几乎对他没有了解。

故事是这样的:堂文塞斯劳是本村人,据雷蒙达说,他们家是领主,有生杀予夺大权。那时候,村子比现在重要,牲口卖到整个卡斯蒂利亚。"在他母亲生活的年代,一名主教曾经在这栋房子里睡过,可见他们家有多重要。他父亲不知响应了哪个远房亲戚的号召,很早就去了赤道几内亚,亲戚在那儿做生意,有好几个咖啡种植园。父亲病了,回不来。母亲成天在家里哭,一直哭到把儿子送走。堂文塞斯劳在首都念寄宿学校,受过良好的教育,被母亲送到赤道几内亚。父亲去世后,母亲没想到,他又在那儿待了许多年,直到她去世才回来。他是回村安葬母亲的,后来一直待在家里,像条没有主人的狗,没有人知道他会回赤道几内亚,还是会留在村里管理名下数目不菲的资产。"光是木材,"雷蒙达羡慕地说,"他们家光是树,就有很多……之后赫纳罗的母亲掺和进来。她年轻、漂亮,嫁得不好,和丈夫没孩子,在磨坊无聊,没什么事做,就来这里当用人……来了就来了,发生了后来发生的事,尽管谁也不能证实……可是,您说呢?一夜之间大了肚子,堂文塞斯劳比谁都对她好,不让她干活,再请个用人。于是,我进了这家门……

"我来的时候,赫纳罗的母亲跟丈夫走了,后不后悔我不知道,怕肯定是怕的。丈夫对她说:'不走我就杀了你。'她就这么走了,似乎这是天经地义,丈夫总算让她有了孩子。可这是不可能的。村里有人对他十分了解,跟他一起服过兵役,说他年轻时被牛顶到过下体,不中用了……"

有时候,堂文塞斯劳会跟我说赤道几内亚,那里十分炎热,忧伤的声音将他拉回到雨林、大海、布满繁星的苍穹……

"那是一片怎样的土地啊,加夫列拉!要是有一天——真有那天反倒奇怪,您去那儿,记得穿过一大片芳人①部落的森林,去佩尼亚尔瓦家位于非洲大陆的庄园,我的朋友兼代理人弗朗西斯科·戈麦斯会安排您住下的,他是个好人……"

只有一天,他说赤道几内亚不好。我们正对着巧克力茶

---

① 芳人,讲班图语的民族,主要分布于非洲的赤道几内亚、加蓬和喀麦隆南部地区。二十世纪末,芳人群体约二百七十万人。

平心静气地聊天,他的身体突然一震,脸色煞白,开始发抖,牙齿打战。他对我说:"孩子,去叫雷蒙达。"雷蒙达进屋,示意我出去。后来她跟我解释:"他那是突然发烧,在非洲落下的毛病。发病时,人特别不好,要赶紧吃药,等药见效。这个病把他吓得不轻,让他老了好多,就是突然发烧……"

学校干干净净,整整齐齐。除了刷墙,我们还在四个角放了四盆从山里移栽过来的小树,种在桶里,早上搬出去晒太阳,天冷了就放在教室。我借此机会,给学生们讲解植物王国。他们的相关知识来自直接经验,一点也不科学。

手工课上有各种意想不到的材料:一段段麻绳、钉子、软软的树皮可以用刀子雕刻花纹、河里的灯芯草用来编篮子。学生教我,我教学生,互教互学,如同游戏。

我们用孩子们的绘画、木雕、女孩子们的刺绣——绣在母亲织的布上——布置教室。

我开始筹建所谓的图书馆。我们把能找到的所有图书和报纸放在一张长凳上,数量不多,很少,可好歹是个班级图书角。每当孩子问"我能用图书馆吗?",我都会由衷地感动,看着孩子如饥似渴地去翻阅由印刷品堆成的小小宝藏,那是其他遥远的、难以企及的宝藏的缩影。

某天下午,我会带他们去郊游。出了村,在最近的巉岩上方有片牧场。从那儿能看见绵绵群山向前延伸,直到迷雾笼罩的地平线,似乎想走出去完全不可能。站在高高的牧场上,我们的与世隔绝更加一目了然。在群山的另一边,中央高原上有一马平川的道路。可我们被锁在大山里,受环境所迫,饱受贫困。

我离开村子,不是因为胆怯或厌倦。

我和村子遽然告别,是因为父亲突然做出的决定。他来看我,见我奄奄一息。我得了一场大病,正在康复中。尽管无人诊断,但应该是肺炎。

那是圣诞节假期后发生的事,我从父母家回来。下过一场大雪,村子和外界交通中断,惊动了村委会,一群村民来大村子接我。马儿走隘道十分困难,因此只牵来一匹马,让我骑。他们鞍前马后地保护,免得我连人带马摔下山崖。我们走了好几个小时才进村,只看见炊烟袅袅,房子都被厚厚的雪埋了。我们从房顶的高度,沿着几乎是冰雪夯成的台阶,走进玛丽亚的家。冬天,所有的房子都被雪藏。

第二天,孩子们为了上学,手牵手串在一起,拉着我,就像在玩滑雪。他们送给我好几张岩羚羊整皮,铺在房间;还有其他小动物的皮毛,垫进木屐。赫纳罗无精打采地等着,话也不说。我问他:"出了什么事?"他说:"我爹病了。他去山里,滚下来,腿和背摔坏了。"

玛丽亚用炭很抠门。我钻进被子,穿着若干件厚厚的羊毛衫,套着毛线袜,抱着一块用布裹着、在火上烤热的石头,依然冻得瑟瑟发抖。

有一天晚上,屋顶在颤抖,栎木大梁阵阵呻吟,我以为一切都完了,我们会被活埋在雪里,可是并没有。下雨了——玛丽亚说,是加利西亚的雨水,雪渐渐融化,只有山里的背阴处还残留着几堆硬雪。

我去看赫纳罗,他忙着照顾爹、磨坊和牲口,没来上学。

我见他不说话,拒人于千里之外,似乎想离我远远的,这段经历,不想和任何人分享。这回,他没请我坐下,也没请我吃蓝莓。他爹躺在破床上,哼哼着向我道谢。我很快告辞,赫纳罗送我到门口,见我爬山吃力,也没来帮忙。

到家,我觉得发烧。那场烧由来已久,源于回村那天,冒雪骑了好几个小时的马。我卧床不起,玛丽亚端来加蜂蜜的热牛奶。因为咳嗽,她给我抹了泥敷剂和油膏,弄得我皮肤火烧火燎。

第二天,雷蒙达来看我,捎来"主人"的白兰地。白兰地下肚,我感觉又有了精神和力气,以为发个烧、喝口酒,人就会痊愈,可是并没有。我烧得越来越厉害,有一阵子,不知道多久,我被烧迷糊了,半坐在床上,免得窒息。

第一天有劲下床,我裹得暖暖和和的,跟玛丽亚说去趟学校,快去快回,开门看见父亲,不知谁通知了他。

"我跟村长说过了。"他告诉我。

他让我裹得暖暖和和的,不是去学校,而是去大村子,直接回家。

我没有跟赫纳罗和堂文塞斯劳告别,只跟玛丽亚告了个别。她站在门口,我骑在马上,一边是卢卡斯,一边是父亲。走到巷子最后几个拐角,孩子们出现了。他们目送着我,谁也不说话。我挥挥手,跟他们告别。我身子太弱,几乎在马上坐不住,背后捆着箱子,能靠一靠,可马儿每走一步,肋骨就硌一下。我恢复了很久,医生嘱咐我绝对静养,到了夸张的程度。"千万要避免转成肺结核,您懂的,您不是不知道。"他对父亲说,"转成肺结核,等于死路一条……"

等他们宣布我痊愈,已是夏天。九月,我开始准备教师资格考试。整整一学期,我在父母的精心呵护和及时监督下,闭门学习,日子到了,去奥维耶多参加考试。就像在师范学校的毕业生名单中看见自己的名字一样,我在另一份名单中也看见了自己的名字:加夫列拉·洛佩斯·帕尔多,正式教师。两份名单之间,只隔了寥寥数年。然而,我有了自主选择学校的权利。

学生清一色的黑人。这是一所公费公立学校,只有黑人才会念。我选择它时,所有人都说我疯了。我二十四岁,想去闯荡世界。如果我是个男人就好了……我想。男人自由,可我是女人,年轻,有父母管,没钱,又生活在那种年代。那是一九二八年。我在教师资格考试中名次优异:五十人中的第三名。我看地图,身为教师,能去的最远的地方位于赤道,非洲很小的一块,有岛屿,国名从海洋跨到陆地:赤道几内亚。那儿是我的目的地。我想起堂文塞斯劳——"要是有一天……"他曾经对我说,旋即改口,"可您永远不会去那儿。"对老友的回忆没有影响到我的选择,甚至他的赤道几内亚和我选择的赤道几内亚不是一回事。我不去做生意,不想发财,只去教书,顺便学点东西,欣赏全新的风景,感受全新的体验。毕竟,对我们来说,那里颇具异国风情。于是,我整理行装,不听家人的劝告,无视亲人的眼泪,南下加的斯,登船出海。加的斯在西班牙最南端,是我心中的世界尽头。九月的一天,我从加的斯出发,将羁绊和限制抛在身后,还有对大山中那所学校的回忆。

轮船启航,我站在甲板上,见陆地越来越遥远。我不去想舍弃了什么,我需要移民的力量,征服者的勇气。我想起父亲最后的劝告,是他从书里看来的:

"冒险也许疯狂,但冒险者不是疯子。"西班牙海岸在远处渐渐模糊时,感动突然涌上心头。

在海浪的拍打下,整艘船咯吱咯吱响,船体很旧,似乎随时会裂成两半。第三天,暴风雨将我们困在狭小、憋屈的客舱里长达十二小时之久。客舱里有四张床,只安排了三名乘客:圣塔伊莎贝尔电报员的妻子,一直不停地抱怨;她女儿,和我年纪相仿,一直不停地呕吐;还有我,默默忍受着旅途艰辛。

一天,面色苍白、奄奄一息的我们终于眺望到赤道几内亚的陆地,船上已经缺水,食物的数量和质量也在下降,天气热得人没胃口,谁也不敢抱怨,谁都没劲从甲板走到客舱,从大厅走到餐厅。大厅里有吊扇,可以稍微喘口气;餐厅服务生大汗淋漓,端着厚重的器皿,端茶,送咖啡。

抵达圣塔伊莎贝尔的前一天,有人叫我到一等舱,交给我一份办事处发来的电报,说有人在码头接我。

第二天天明,我们看见了高高的海岸;还要等好几个钟头,才能看见圣塔伊莎贝尔。

我记得轮船到岸的情形:港口;远处吆喝轮船到岸的声音;从摇摇晃晃的甲板走到坚实的陆地;等箱子,左等不来,右等不来;一大堆衣衫褴褛的黑人小伙子围着我,操着错误百出的西班牙语提供服务:"你好,夫人!""你好,女人!"白人官员出现,说话简洁明了:"加夫列拉·洛佩斯小姐,嗯,我是办事处派来的,嗯,我来接您,咱们赶紧走……"

接着,我入住一家脏得难以形容的酒店,一夜无眠。热,破蚊帐,吊扇在头顶不停地转啊转,楼上楼下不知什么声响,门上没有锁,卫生间破破烂烂,只有一个用来装水的缺口罐。

新的一天终于到来,还是那个官员在酒店门厅等我,带我去港口,上船。这回是德国人的船,完成旅行的最后一段。

我靠着栏杆,欣赏比奥科岛群山起伏的轮廓,从山顶泻下、汇入大海的激流和海岸边茂密的森林。

一位年轻的黑人站在我身旁。他跟我一样,胳膊倚着栏杆,默默地看着海岸。天空灰蒙蒙的,透了些蓝,很闷,但我不想去阴凉地方,那儿也热。

"多漂亮的岛啊!"他说,没冲着我。可栏杆边只有我和他,我只能认为他在对我说话。

"是很美。"我回答。

他正眼看了看我,露出洁白无瑕的笑容,照亮了黑乎乎的面庞。

他的西班牙语舒缓悦耳,听上去受教育程度很高,与欧款白西装、对我谨慎亲切的态度相得益彰。

"我是医生,"他告诉我,"现在回医院,大陆和这儿完全不同。"他指着近处雾蒙蒙的小岛,当他得知我此行的目的,又笑了。"我们需要您,"口气十分肯定,"我们缺药品和学校,可惜来的全是生意人……孩子们正在等您。"

孩子们正在等我。学生清一色的黑人,个个笑容可掬,他们的笑容让我重拾希望。那是我作为正式教师就任的第一所学校，令我终生难忘。它就在这儿，在我脑子里。和全村的房子一样，教室是肉豆蔻木屋，竹屋顶，铺着尼帕棕榈叶。地势有点高，旁边是稀疏的小棕榈林，可以看到海。黑人孩子微笑着，从第一刻起，我就知道我的选择没有错。

夏日的夜晚，酷热难眠。我会闭上眼睛，躺在吊床上，棕榈叶屋顶下，慢慢地摇啊摇，期待着清晨海风吹拂。曼努埃尔坚持给我摇扇子。"别摇了，曼努埃尔，"我说，"去睡吧！"他爬上海滩，沿着斜坡滚进海里，突然消失。"去冲个澡，"他每天都对我说，"冲个澡，就不热了。"曼努埃尔是我的用人，他照顾我，还想办法替我解乏。木桶接水，清清凉凉……加点椰子汁……

可我热得受不了。蒸汽浴让我胸闷，肺吸不进氧气。

我的家和所有人的家一样：一张竹床，没枕头，没被褥；一张桌子，一张凳子，也都是竹子做的；还有摆在各处的篮筐，放衣服和个人用品。

我的最爱是挂在门口屋檐下的吊床，屋檐外展，伸出去，好似小小的植物凉棚。

我们早早地开始学习。大清早凉快，还能让人呼吸。空气很快变得黏稠，我试图忘记酷热的天气、汗湿的麻制衣物和昏昏沉沉的脑袋，专心工作。

没有一个孩子的西班牙语好到能听懂我讲课。我在黑板上画画,写上对应的单词,再把画擦了,让他们认单词。那块搁在地上、部分剥落的浅灰色黑板是我唯一的教具。后来,我从箱子里拿出书本、铅笔和地图,孩子们直往后退,表示惊讶和谨慎;又慢慢凑上前来,碰碰那些新物件,证实它们无害。

他们用黑乎乎的手攥着铅笔,指甲是断的,玫瑰色的手掌很脏。他们使劲将笔芯按在纸上,惊呼出现的颜色,连声赞叹。"绿色的棕榈树。"我指着棕榈树和对应的颜色,他们很快就明白了,试着用灰绿色、焦绿色、纯绿色去画这棵披头散发的树。绿色的棕榈树,蓝色的海,黄色的太阳,红色的血,白色的牙齿,光洁的椰肉。他们在学。

白天热得我筋疲力尽,上完课就瘫倒在我屋外檐廊里的那张矮扇棕编成的吊床上。

我们唱歌。我在童年的歌谣中寻觅,一直寻觅到念师范学校时唱的歌。我想通过歌谣向他们解释四季轮回:冬雪泛光,冬日漫长;春天来了,花草绽放;金秋时节,层林尽染。只有夏天,我们有共同点,遥远的西班牙南方,夏季炎热。

我教他们唱我们的歌,他们教我唱他们的歌。

他们唱歌,跳舞,往后,往前,往前,往后,节奏感很强。他们还教我本地树种(肉豆蔻、吉贝、乌克拉)、食物(薯蓣、海芋、木薯)、动物和用具的名称。

然而,我去那儿,不是为了学习他们的语言,而是为了教授我的语言。从法律上讲,他们应该使用我的语言,即使他们并不知情。

对赤道几内亚的回忆,我说过许多次,次数太多,感觉胡乱篡改过,改复杂了,或正相反,改得过于简单。没有见证人帮忙回忆,很难当好公证人,只会根据时光在记忆旮旯里留下的沉淀,去做些似是而非或自相矛盾的记录。

因此,每当回忆起那片土地,我都会问自己:我在忠实地还原情感,还是在一本正经地胡说八道?换言之,是回忆,还是创作?我甚至把国家历史融入个人故事,事后发生变成当时发生。也许,我弄混了日期、名字、事件,然而,更深远的回忆永远埋藏在情感深处,回忆的热量助它生长,直到生根发芽,藤蔓丛生。

我怎么会忘记那些被饥饿、疾病、恐惧困扰,为生存而斗争的村子?我怎么会忘记那些孩子?

我努力地想教他们科学、地理或历史,可他们因为语言之外的原因,听不懂。孩子们都很机灵,就是理解不了史前时期。难道他们自己不就生活在史前时期?如果他们发现文明世界的技术进步,会在多大程度上增加幸福感?我的内心被阵阵悲观主义情绪所占据。我觉得,学习他国文化的官方培养计划,与学习有关环境、起源、自身文化的需求之间,存在着不平衡。我试图将两条道路融合在一起,既了解人类的文化发现,又更好地了解自身民族,培养人才,为祖国服务。

这些话,我跟一个人说过多次。从到的那天起,他就偶然走进我的生活。他叫埃米尔,是我在轮船上认识的医生。在那个神奇而又痛苦的岛上,他成为我的朋友、我的向导、我的对话者。

我很快发现,那座小城是附近几个村子的中心,白人妇女很少。

因此,我的出现令人瞩目。我的粗麻衣裳、我的小阳伞、我的走路姿势都让人老远认出。黑人用自己的语言说:"女教师来了。"白人出庄园来买东西,认出我不难。遇见我在轮船上的同伴,也不奇怪。

"学校如何?"埃米尔笑容可掬地问我,笑容松弛、舒展。

"很好。"我回答。

可是,他也许注意到我的倦容,我的黑眼圈,我消瘦的身形。

酷热难耐,街上站都站不住,他指指一栋房子,门廊有四根大柱子。

"进来,我就在这儿上班。"

那是一家医院。进门的办公室里,桌边坐着两个白人男子,桌上堆满了文件,被电扇吹得乱七八糟。

"你好!"其中一名男子向他问好。

埃米尔回答:

"早上好,大夫。"

他请我坐下,问我食宿是否妥善解决。

另一名男子看着他,别扭地笑。

"很糟,糟透了!"他说,"她拒绝跟我们住在'大房子'里,她住村里……"

说话的是医院院长,刚到时别人跟我提过。埃米尔听了很诧异:

"我在种植园待了好些日子,不知道这件事。明天我去学校,告诉您能不能接着住那儿。"

第二天,他果真来到学校,跟孩子们用我听不懂的语言交谈,检查他们的眼睛和牙齿,寻找发炎的淋巴结。

"他们很干净。"我说。"特别干净。"我又说。的确,孩子们总是干干净净地来到学校。尽管在其他方面很无知,但他们天生爱干净,我又给了一些个人卫生方面的建议。埃米尔去看我住的地方,我跟他解释,他似乎没在听。

"您不能继续住在这里,"他很严肃,几乎动怒,"搞不懂他们怎么会同意您这样做。您不是来完成特殊任务的,您是来工作的,需要像样的居住条件……"

我想告诉他,跟孩子们住的一样,挺好。

"绝对不行。"他反驳道,"您自小的生活环境跟这儿完全不同,机体缺乏抵抗力。您需要健康的身体来完成工作……"

于是,没多久,我就住进了一开始他们建议的地方:一栋殖民风格的大房子,单间,有纱窗,一股消毒水味,到处都是电扇,楼下是集体餐厅。宗主国官员们也住那儿,也在那儿吃饭。

"少了一些地方特色,"院长第一天对我说,"但更方便……"

他看看我,笑了笑,既嘲讽又自负,似乎我的存在,让他特别不高兴,尽管是他安排我住进来的。

我只是点点头,回房间。

圣诞节到了,有假期,埃米尔邀请我陪他出门体检。那些庄园虽说离城市不远,可路况太差,很难走,只能坐小船过去。可可种植园绵延数公里,一旦进入,往往置身于可可树硕大无比的叶子下,只能看见前方几米。

可可树间,还有大量的梧桐树、椰子树、油棕榈树、芒果树和其他可用于木材的大型树种。

"短工的日子特别艰辛,"埃米尔向我解释,"最严重的是,他们会染上昏睡病。因此,要三个月验一次血,防止被采采蝇叮过,那可是恶性传染病。此外,他们需要健康证才能继续工作。"

他向我介绍种植园主或园区管理人。他们全是欧洲人,见了我,很吃惊,和善地亲吻我的手,或使劲跟我握手。

体检旅行归来的第一天,埃米尔送走陪我们的黑人实习生,邀请我去他家里坐坐,他和母亲就住在医院附近。他母亲见我登门,十分意外,没说话,责怪地看了看儿子。埃米尔请我坐下,给我倒了杯加糖的水果茶。

"等几天,"他说,"水果茶会变成葡萄酒,不过还是清凉饮料……"

他给我看他的书、收藏的旅行杂志和从西班牙寄来的《太阳报》。

我们在他母亲严厉的目光注视下,伴着屋顶吊扇的嗡嗡声,聊了一会儿天。

"妈妈不信任白人,觉得他们都靠不住。"告别时,他对我说。

之前,我没静下心来,分析过种族主义这个词的含义。不久,我发现,埃米尔母亲的反应不是个别现象,一时任性,而是普遍现象,完全正常。

教区神父叫我,我去见他。

"我的孩子,"他对我说,"您要知道,这些黑人信的教很野蛮,让他们信奉基督是我们的使命所在。现如今,许多人受过洗礼,尤其是城市及城市周边人群,可依然有许多工作要做。老师们一定要帮帮我们……"

之后,他向我抱怨黑人固守本初的信仰,他们天真地将基督教仪式和他们的仪式混为一谈。圣诞节快到了,他请我带学生去教堂祈祷,唱圣诞歌。从相安无事的角度考虑,我接受了他的建议,尽管我正在休假,没觉得传教是我分内的事。

二十四日晚,我坐在孩子们身后,参加了平安夜弥撒。他们兴致勃勃,轻松学会了好几首圣诞歌。仪式结束后,我来到街上,黑暗中碰到埃米尔。他热情地跟我打招呼,邀请我跟他走:

"我想让您见识我们真正过节的样子……"

城市依海湾而建,全城各处回响着黑人音乐。他们唱着圣歌,着魔似的敲着小手鼓,狂热地起舞。

只有他们会占领街道。节日从教堂起,和着热辣的音乐和发酵的酒精,演变为棕榈树下典型的黑人风情。大街小巷的嘈杂声钻进白人的房子,白人各自在家中庆祝。

我们默默地沿着海边走,在停靠船舶和大艇的港口旁,疯狂的音乐自始至终将我们包围。

"这些是我们的,"埃米尔说,"属于我们,谁也夺不走。可是,如果我们不摆脱愚昧和奴役,只有死路一条……"

他很悲伤。回到住处后,他的这番话一遍遍地回荡在我耳畔。我在岛上住了挺长一段日子,知道他们的问题很棘手。据我所知,没人想去解决;而他们自己,很少有人意识到苦难的根源所在。

我推开房门,正想进去,漆黑的走廊里蹿出一条黑影。我以为是曼努埃尔。黑影动作笨拙,想来是过节喝多了酒。

"曼努埃尔!"我叫道,"曼努埃尔!"

无人应声。我走进房间,刚想插上松松垮垮的插销,把自己关在里头,黑影却猛地推开房门,将我推到一边。

"曼努埃尔!"我恐惧地叫。

黑影不是曼努埃尔。他扭曲的脸凑过来,就着漏进窗户的微光,我看见一张白人的脸,一双白人的手,加上晦涩的话语,他是院长。

他使劲抱着我,想亲我,醉醺醺的口气喷过来,气冲冲地低语:

"你能跟黑鬼好,也能跟我好……"

我拼命挣扎,想甩掉这个家伙,可是不行。他汗津津的身体压着我,我放声大叫。叫声盖过节日的音乐声,回响在漆黑的城市上空。门开了,这回是曼努埃尔,他一声不响、一动不动地站在门口,足以让攻击者做出反应。院长放开我,一巴掌把他推到墙上,走了。我瘫倒在床上,失声痛哭。曼努埃尔把门关好,下楼。他体谅我的痛苦,贴心地让我一个人待着。

白人时刻关注船只的到来。邮包、粮食、日用品全靠海运,承运的通常是其他国家的船只,有荷兰的、英国的、德国的,满载着商品,给欧洲商铺供货,再满载着可可回程。

"这里有世界上最好的可可。"埃米尔告诉我,脸上永远挂着微笑。圣诞节到了,船只和小艇来到圣塔伊莎贝尔,将家人的礼物和信件捎到我们手中。父亲经常来信,一封信要十五到二十天才能送到,有时甚至一个月。他在信中告诉我村里发生的事,朋友们向我问好,认识的人病了或结婚了,难得提到母亲因为我远走他乡而闷闷不乐。

我也写信给他,告诉他岛上什么样,细致地描绘大海、丛林、休眠火山,历数长在家中园子里的植物,家畜完全与人和平共处。我说得最多的是学生,说我的教学方式,想尽办法让他们听懂,孩子们的西班牙语在进步。我列书单,寄钱过去,请他帮忙买书。我每个月都寄一半薪水回家,他们从不拒绝。我知道他们需要钱,而我又花不了那么多。我的薪水是在西班牙的两倍。

我没跟他提过我的黑人朋友、白人院长和平安夜的惨痛经历。

这件事我也不想跟埃米尔细说,怕他反应太大,可又不能不说,心里憋得慌,不吐不快。于是,我想了个折中的法子,告诉他院长喝醉了,意外地出现在我门口,对我有些粗鲁,对曼努埃尔态度也差。

正如我所担心的那样,埃米尔非常气愤,收起一贯的笑容,狠狠地皱起了眉。

"我敢肯定,"他说,"他看不得你跟我做朋友。我没证据,可他恨我,不愿意看到像我这样的黑人获得解放,拿到学位……"

他告诉我,他父亲曾经救过一个人的命,那人是殖民地法国高官,很照顾他。具体情形他没说,这事发生在法西两国非洲谈判时期:

"我在这儿跟神父们念书,后来去法国学医。"

可他从未放弃自己的祖国。当他说起美丽的土地、善良的人民、他们所经历的困难与贫穷时,他的两眼放光。

过了好几天,我才回归"大房子"里的集体生活,一个人窝在房间吃水果,忠心耿耿的曼努埃尔随时送咖啡上来。

等我再跟同胞们同桌进餐,立刻发现非礼我的家伙对曼努埃尔的态度简直无法容忍,找各种借口为难他,吼他,批评他,让他紧张,支使他去做自己用人应该做的事。我不插手,怕他是想逼我做出反应。其他人见怪不怪,白人对黑人说什么、做什么,那是白人的事。他们只会耸耸肩,停下来看一眼,之后继续吃饭聊天。

我的耐心终于有了回报,不到一个礼拜,院长从城里消失。

"他被调走了,"埃米尔告诉我,"调去大陆。"

我永远也不知道他被调走是出于偶然,还是埃米尔动过手脚。那段日子,听他平时说的那些话,感觉他跟岛上的大人物很熟。

回首往昔,如同在观看一部电影。无人分享的生活无迹可寻,无从眷念。我乐于孤单,并不觉得悲伤;独自经历的痛苦,也算不上痛苦。

我在赤道几内亚度过了一段孤独的时光。那里是男人的世界,大部分男人也很孤独。他们奋力打拼,勇于牺牲,无非是为了一个显而易见的目的:赚钱。种植园主、商人、官员、做买卖的,来殖民地都是为了赚钱回家。这并不意味着白人殖民者都是坏人,却导致他们行为粗鲁,不拘小节,不讲情面。

我很少和别人接触,都是严格意义上的工作接触。出门拜访、邀人来访,一切都和我在殖民地的官方身份及社会地位有关。

圣诞节后不久,一天,教区神父邀请我去参观离城三小时路程的传教团驻地。那里有五十多个成年女子,和三名修女生活在一起,漂亮的教堂由神父打理。我很难把自己和修女们相提并论,认为我和她们在做同样的事。女子们学习各种技艺,摆脱没文化、没营养的生存状况,接受天主教教育,这些都是事实。可是,当年的我更相信公正,而非慈善。我尊重修女们的工作,但那不是我的工作。我的梦想通往其他方向:教育、文化、自由(自由行动、自由选择、自由决定);体面的生活条件当是首选:食物、卫生、医疗。

"你几乎什么要求也不提……"埃米尔忧伤地对我说,"非洲的饥饿问题永远得不到解决,非洲是白人的牺牲品。"

我没跟他争辩,觉得他始终精神亢奋,有时会说些威胁的话,听不懂他究竟想表达什么,再追问,他却闭口不言。感觉他内心斗争激烈,既想告诉我一件重要的事,又因事关重大,只好隐瞒。

日子一天天过去,我的生活渐渐规律,养成了一些习惯,知道如何与人共处,一句话,我适应了环境。我发现自己是殖民地白人的翻版,无意识地在向他们学习,合适的食物、合适的衣物、各个时间段的安全去处、购物、备药,这些才是日常生存的关键。与此同时,我也在慢慢领悟哪些是学生日常生活的关键。

我给他们解释本地植物的生命周期、地理位置的影响、气候的重要性、潮湿与炎热。他们对什么都感兴趣,尽管词汇量不大,关键内容却似乎都能听懂。

"这是个富饶的国家。"我告诉他们,他们听不懂,而我找不到合适的词汇去传递最基本的经济概念。"以后会懂的。"我对自己说。

"以后会懂的。"我对埃米尔说。

"哪天他们懂了,"他回答我,"你也离开了……"

二月,雨水冲垮了学校。尽管是斜坡屋顶,屋檐往外伸出许多,护住房屋周围,尼帕棕榈叶到底还是不管用。雨水透过植物纤维,拼命往里灌。雨声轰鸣,我们连自己的声音都听不见。一块木板没搁好,砸下来,整个屋顶散了架。孩子们不怕,含笑的大眼睛看着我,帮我捡淋湿的纸张和被雨水冲进教室的物品。"雨,雨。"他们兴致勃勃,一遍遍地用西班牙语说"雨"。

雨伞一点也不管用,我踩着泥浆,落汤鸡似的往住处赶,路上遇到曼努埃尔。他是来接我的,帮忙送我回家。他赤着脚,十几岁的孩子,雨水在瘦弱的身体上闪闪发光。太阳,更确切些,是云层后的光芒,似乎稍稍让人心安。

父亲来信说,有个同村的西班牙人,还是熟人的亲戚,在岛上住了很长时间,只知道他叫堂西普里亚诺·桑切斯。没多久,那人就出现了。一天午饭后,他来到"大房子"。他中等身材,很瘦,皮肤皱,眼睛神气,一身白。他脱下宽檐帽,向我走来,问:

"您是加夫列拉·洛佩斯吗?"问完又自己回答,"没别的女人,看来您就是……"

他说,有事可以找他帮忙,可以去他厂里参观,他就住在附近山坡上,往上走一点就到。

他走后,同住在"大房子"里的人告诉我,他有钱有势,有房产,有可可种植园,用瀑布给街区供电,在街区有若干家工厂、作坊和锯木厂。

他身上的某些东西让我想起堂文塞斯劳,瘦削的身体,深色的眼眸,也许是热带地区被晒黑晒皱的皮肤。自从我离开村子,就再也没有那位困在深宅大院里老人的消息。我的生命里有种本能:不回头看。每个结束的阶段都会落入过去的深渊,封存,了断,不去打听故人过客的消息。说到底,是我怕留下羁绊、攥住过往,而那段过往不可避免地难以重来。

但我说一套、做一套,还是给堂文塞斯劳写过一封信,告诉他想申请到赤道几内亚的学校教书,想去那边走走。他没有回信,我的信也没有被退回。要么信丢了,要么他孤寂清冷,无意回复。

堂西普里亚诺的出现重新唤起了我对老友的回忆。我还回想起寒冷、田野的味道,玛丽亚的粗鲁,赫纳罗的贴心和他敏感的脸。忧伤袭来,只有几秒,区区几秒,是我决定再要一杯咖啡、曼努埃尔递来糖、我冲他微笑的时间。桌边同伴的闲聊好似十分遥远,他们在聊一个人究竟有多少钱,那人是来拜访我的堂西普里亚诺·桑切斯。

堂约翰、堂海因里希、堂马科斯、堂西普里亚诺,所有人坐在长廊摇椅上。那里是俱乐部?娱乐场?鬼知道叫什么。总之有个大厅,三台大吊扇嗡嗡地转,促进空气流通,保持大厅凉爽。

他们全是种植园主,全是白人,全是男人,通过堂西普里亚诺请我吃饭。他亲自上门,通知了正在门廊打盹的曼努埃尔,曼努埃尔告诉我有客人。那时正热得慌,我正打算在金属风扇下睡一会儿。

"您是唯一有体面工作的白人妇女,我们想款待您,略表敬意……"

我很震惊,诚惶诚恐地答应了。

"一群鳄鱼!"我告诉埃米尔。他评论道:"他们想试探试探,看你是不是危险分子……"我已经习惯了埃米尔的毒舌,他总是话中有话,别有深意。

这回的话我觉得特别不中听。我接受了邀请,他有点怨恨我。我什么也没说,可是头一回问自己,跟这个聪明、叛逆的黑人为友,莫不是因为依赖?

"很聪明的黑人。"堂西普里亚诺仔细切发白的肉片时说。

第一道菜是乌龟蛋,第二道菜是乌龟肉,配当地产的特辣尖椒。

"他好捣乱。"堂海因里希说,"想想他跟弗洛莱斯的短工混在一起。他去那儿干吗?东西落在那儿了?短工们很开心,干活都很棒,就是黑人那副德行,有点笨。可他去那儿……想干吗?跟法国人似的,自己什么也不抱怨,就爱听别人抱怨咱们……"

他的西班牙语很硬,像短促的犬吠,敲打着听众的耳膜。

我不记得是谁先提到埃米尔的,基本肯定是堂西普里亚诺。是他联络到我,传唤我去"白人法庭"出庭的,第一个发问的很可能是他。

"您的朋友埃米尔呢?"他问得唐突,跟之前有关天气、食物、适应热带气候等欧洲人初次见面的常规话题没有任何联系。他突然发问,问得不怀好意:您的朋友埃米尔呢?

我还没来得及回答"他很好",或反问回去"您这话什么意思?怎么会关心我朋友?",堂西普里亚诺已经开始说埃米尔聪明,德国人海因里希跟着一顿中伤。

埃米尔说过他们是"一群鳄鱼",看来他说得没错。但我不想人云亦云,他们是否是鳄鱼,应该由我决定,由我证实。

"没错,埃米尔是很聪明。"好不容易轮到我说话,"他聪明、高尚、敏感,始终记挂着自己的同胞,这很正常。难道咱们白人不是互帮互助、彼此亲近?"

"应该永远如此,"身板结实、脸色红润的荷兰人之前一直在专心致志地吃饭,"理应如此,可惜不是。深皮肤的革命者人多势众,白人完全没有抵抗力。只要他们愿意,可以把咱们全杀干净……"

我想打消他的顾虑。

"工作时,我接触的都是黑人。"我对他说,"我向您保证,他们都热爱和平。我从未发现他们有一丁点敌对白人的情绪……"

大家好言好语,谈论共同关心的话题,其间有最基本的彼此纠正,相互包容。

突然,堂西普里亚诺生生将谈话打断,义愤填膺的口吻让大厅的气氛变得粗暴:

"加夫列拉,咱们别避重就轻。作为同胞和绅士,我想说一句心里话——您不能像现在这样,跟一个黑人调情啊……"

我敢肯定,在场其他人也都同意。他们更乐意畅谈此事,引我入瓮的圈套是精心设计好的。可是,堂西普里亚诺的说话方式,他不客气的腔调,把大家全听愣了。

"不是这个意思,小姐,说的不是这个意思。"英国人想解释两句。

我听得很明白。突然被人泼了这么一大盆脏水,我一时都说不出话来,愤怒的泪水在眼眶里打转。等我能说得出话,我想控制一下声音,尽可能平静。

"先生们,"我说,"我的事轮不到你们管……"

"您错了!"堂西普里亚诺大叫。"您错了!"他压低嗓门,又说一遍,"这是法律明文规定的禁令。白人不能与黑人通婚,白人女性更不能与黑人男性交往……"

我冲出餐厅,撞上一名黑人男性。

他端来几杯烈酒,托盘被我撞飞。他扶着我的胳膊,怕我摔倒。"对不起,小姐。"他说,想用餐巾帮我擦衣服。

我一把将他推开,跑了出去。桌边隐隐传来笑声,我很快发现不是。他们不是在笑,而是在惊讶地窃窃私语,责备那位男仆。跟平常一样,犯错的总是黑人。

"雨季过后,我们去爬山。"埃米尔说。他见我恹恹无力,想让我振奋。对我来说,这种天气太折磨人。"山上干燥、凉爽,会让你想起西班牙北部。他们说,有一回,还在山上看见过霜。"

后来,他告诉我,高山很美,气味清新,遍地都是薄荷草,那儿种植的蔬菜和西班牙差不多,各种牲口在牧场上吃草。

"圣周去。"我提议。

就在四旬斋开始前不久,教区神父来到学校,讲解节日的意义。

他跟孩子们一起祈祷,祝福他们。临别时,孩子们围着他鼓掌,唱啊,笑啊,在空中画十字,沉醉于仪式无法自拔,将教义无限夸大。

神父摇了摇头。

"真拿他们没办法,"他说,"一眨眼的工夫,就回归自我了。我答应过,圣灰星期三带他们去教堂。"

神父在一个个孩子们深色的额头上抹上圣灰。孩子们似乎对仪式和圣诗非常着迷:"尘归尘,土归土。"孩子们走出教堂,你看看我,我看看你,谁也不敢去碰那个神秘的圣灰文身。

这句提醒很恐怖,我记得第一次听到它的场景。那年我十岁,爷爷在遥远的村子去世,父母把我放在朋友家。第二天是圣灰星期三,大人们带我们去教堂。我看不懂仪式,可出教堂时,朋友的母亲跟我们解释得非常清楚:人死后变成灰,变回尘土。神父想提醒我们,我们只是尘土,死了,会永远回归尘土……

无疑,这是外界第一次不可避免地向我揭示死亡。紧接着,我的想法全部集中在爷爷身上,爷爷去世了,开始变回尘土。我吓坏了,心神不宁,彻夜不眠。后来,父母终于回到村子,我在他们怀里哭了很久。

过了几天,神父拜托教堂司事给我捎来口信:"圣周四,等您来参加仪式。"

我答应得很含糊。周四跟埃米尔约好去郊游,才不去参加什么仪式,我想。后来,仪式我没去,高山牧场也永远没去成。

我们坐在佩德罗·伊布小店,挨着五彩缤纷的工艺品小摊,小摊上有用植物纤维串起来的项链、大象毛手链、蛇皮、象牙雕摆件、猴子皮、彩色羽毛等。

佩德罗·伊布为人平和,待人亲切,受人尊敬。他崇拜埃米尔,看得出,他俩除了友谊,还有别的纽带,会时不时地用母语交谈。当地的语言听在我耳朵里,语调让人不安。

我又想起堂西普里亚诺和他朋友们的咄咄逼人,看着埃米尔,自问:他真的是法国人派来的、挑衅黑人反抗西班牙人的叛乱积极分子?他真的想跟宗主国做斗争?

埃米尔回头跟我说西班牙语,调子拖得很长,听起来很甜美:

"我们去爬山……"

没几天就要过节,他坚持要去郊游。

佩德罗笑了,整个人透着和善、温柔。

"山很美。"他说。

我没回答,坐在中空的树干上,感觉树干在我身子底下溜走,我只想抓紧。

"你怎么了?"埃米尔问我。

我看着他,想说话。话都在脑子里,就是说不出口。

零散的句子像包着棉花,传进我耳朵。他们在议论我:热的……累的……蚊子叮的……我眼前一黑,陷入无边的黑暗中。

我在医院昏迷了十天十夜。

当我开始看清周围,见埃米尔正在俯身看我,他说:"好了,都过去了。"曼努埃尔在我的额头上方轻挥羽毛扇,还有个穿白大褂的黑人女护士在我边上。

我从昏迷中醒来,巨大的忧伤萦绕在心头。其实,让我忧伤的是身体状况,糟糕的身体状况。过了很久,我才去照镜子。我用双手摸遍全身,到处都被骨头硌着,人已经是皮包骨头了。

"还不是最糟的。"我能听人说话时,埃米尔告诉我,"不是什么了不得的发烧,治不好的那种。不过也够呛……需要康复很久。我会告诉你旅途中如何治疗……"

办事处帮我办好了所有文件,埃米尔送我到圣塔伊莎贝尔,搬运工帮我把箱子送上船。我在码头遇到了堂西普里亚诺,他没认出我,或者他不想认。埃米尔扶我上船,我无法在甲板上等到开船,跟他说再见。他扶我在床铺上躺下,帮我整理好东西,把下一次要服用的奎宁放在我手上,亲吻了我的额头。

航程还算比较顺利。出于特别考虑,四人间只住了我一个。大家对我悉心呵护,我感觉受到了优待。是办事处吩咐的?还是埃米尔打过招呼?白天黑夜,我都躺在床上,我的虚弱不受任何影响,无论是船只颠簸,还是天气炎热,抑或是时间过得太慢。我始终时醒时睡,只有一个执念反复在脑海中闪现或消失:

"我的梦想没有实现,我的梦想糟透了,我总是在重新开始……"

第二部分 梦 想

婚礼在圣径小教堂举办。我身穿黑色真丝长裙,手捧一小束紫罗兰,披着祖母的长荷叶边头巾。埃塞基耶尔也是一身黑,呢子西装,太小,太紧,袖子有点短,袖口像要飞在空中,幸好有白衬衫的袖口挡着。我俩神情严肃,我父母也是。埃塞基耶尔身旁是女傧相和我母亲,我身旁是我父亲和男傧相。埃塞基耶尔没有父母,没有兄弟姐妹,没有近亲。因此,婚礼上我父母唱主角。

"我没有亲人,"求婚那天,他对我说,"我只有你。"

我的婚姻我反复想过,总是得出同样的结论:埃塞基耶尔孤独、无人照顾,是我爱他、接受他的关键。如今回首那段遥远的日子,我会承认:爱情,所谓爱情,所谓真正的爱情,在我和他之间并不存在,至少在我身上并不存在。然而在当年,我从未感觉到自己做错了什么,始终认为我的选择正确无比,埃塞基耶尔的个人品质大大弥补了我在其他夫妇身上看到的爱情幻景。

我不知道村里的神父在祝福我们时,我是否在想这些。也许,思绪在往另一个方向飘:仪式要多久才会结束?在教堂会遇到多少朋友？令人期待又令人恐惧的新婚之夜将如何度过？

神父祝福我们时，我在想如何将母亲陆续准备的海量物品塞进箱子：床上用品、各类日用品、吃的、咖啡、一瓶加欧洲酸樱桃的渣酿葡萄酒、一扇亲手制作的带挂钩的窗帘、若干件针织晨衣、一块窄边绣花长桌布。

埃塞基耶尔看着我，携我走出教堂。来宾们挤在小教堂为数不多的长凳上，我看见了朋友、熟人和依稀熟悉的面庞。

"新人万岁！"有人在门口喊。后来，我知道是罗莎的丈夫喊的。罗莎是我在师范学校的同学，遇到一个差不多过得去的男人嫁了，生了三个娃，一家人幸福地生活在卡斯蒂利亚的某个城市。亲吻、拥抱、祝福后，来宾们静静地离开。家里人简单地吃了顿饭，随即匆匆告别。

几个箱子装得满满当当。我们把箱子捆在小车上，往车站走，父亲和我走在前面，埃塞基耶尔推着小车跟在后面，母亲像在教堂里那样，走在他身边，跟他说话，说些关于我的事，或者，在说我并不擅长家务。

父亲很伤心。我知道，他不想让我离开。之前我离开过若干次，但这次不同。不是因为距离，我们去的地方不远，是因为另一个男人走进了我的生活，像他那样对我产生影响，也许影响更大，甚至会抢占他在我生命中的特殊地位。

我想安慰他:

"我们很快就会回来,你瞧,夏天就回……"

那天是六月一日,夏天就要到了,村子菜园里、小河边、散步的公路旁、儿时郊游的山坡上,花儿到处绽放。

"到时候了,爸爸,"我对他说,"不能再等了……"

那年,我二十五岁。所有同龄的姑娘,无论是儿时的朋友还是同学,要么结了婚,要么打算一辈子单身。

"我从没想过,可是……"

我从没想过为了结婚而结婚。可是,认识了埃塞基耶尔之后,我觉得不管怎样,结婚生子才是正道,和工作不冲突。他也是个老师,恰恰因为这个,因为志趣相投,才有了后来的一切。

放学了,我在改作业。

留在学校,是因为方便,孩子们的作业、需要的物品全在手边。我正在专心致志地工作,突然,有人叩门。

"请进。"我说。

他出现在门口。埃塞基耶尔中等身材,皮肤很黑,长得不难看,也不好看,表情很吸引人,眼神聪慧,嗓音低沉悦耳。

"我叫埃塞基耶尔·加西亚,"他对我说,"我是上面村子的老师。"

他说知道我来,原本想早点来看我,可是来不了。父亲突然去世,他要回村奔丧。

我发现他的确戴孝在身,还是重孝,从敞开的外套里露出的针织坎肩到羊毛袜,从头黑到脚,足以把皮肤衬黑。

我们开始聊那些村子,村里有富饶的平原、果园和小牲口。

"不过,财富分配严重不均。"埃塞基耶尔说,"不像别的地方,有那么多人挨饿。可是您瞧,村里人愚昧、肮脏、无人过问。尤其是上面村子,平原和山区之间的差别大了去了……"

后来我去回访,爬了好长一段山路,到了我都傻了。教室窗户小,光线暗,最里面挨着黑板和办公桌的地方,架着一张床,盖着褐色的毯子。他注意到我的惊讶,忙不迭地解释,事实显而易见:

"没错,加夫列拉,我就睡这儿,我的所有东西都在这儿……"

他指了指放在破床边椅子上的箱子,手臂一挥,圈进孩子们所有的课桌椅:

"我在酒馆做饭,在学校睡觉,我就住在学校……"

婚礼前一天很热。空气湿润、万物生发的春天即将过去,和煦的阳光、鲜嫩的绿叶即将让位于夏日的炎热与芬芳,卡斯蒂利亚的田野上飘来小麦即将成熟、虞美人即将凋谢的味道,眼看就要大旱临头。我们四个,父亲、母亲、埃塞基耶尔和我,坐在果园的葡萄架下,默默的,一动不动,各有各的心思。突然,母亲开始流泪,脸上的肌肉纹丝不动。

泪水静静地流淌,从脸上滑落,消失在脖子底下,她没去擦。我什么也没说,也许他俩根本就没留意,说了会暴露母亲的忧伤。我尊重她的眼泪,可她偏要解释。

"现在哭,是为了明天在教堂不哭。"她说。

她站起来,躲进屋里。父亲不想看到母亲如此脆弱,趁她不在,赶紧跟我交代一些必须要交代的事。

"别再寄钱回来,"他说,"我们不需要。你们要添置很多东西。"

埃塞基耶尔看看我,之前我们谈过。我告诉他:"我要把部分工资寄回家。"他说:"你要是愿意,全寄回去都行。我觉得咱俩应该用我的工资。"

可是,我了解父亲。我知道,埃塞基耶尔和我即将开始新生活,他不会再让我寄钱。

"好吧。"我同意,"不过,任何时候,有任何需要……"

母亲回来了,泪水已经擦干,笑容挂在嘴边,叫我们:

"吃饭了!"

太阳西沉,深红色,奔往加利西亚。

太阳落山,午后的暑气一点点消散。远处传来汽笛声,火车请求进站。爬上阳台的忍冬芳香馥郁,消散在五月最后一个宁静的夜晚。

"结婚了,可以要更大的房子。"埃塞基耶尔说。

哪儿那么容易。埃塞基耶尔所在的村子没有房子,或者,没有能给我们住的房子;我所在的村子似乎也没那么方便。我寄居在一户人家,房间不适合两个人住,大小不适合,家具也不适合,只有区区几平方米,被很少的几件家具塞满。

后来,总算冒出个建议:一户人家的底楼,原本一半堆麦秸,一半是个存放工具、农具的棚子。

我俩在很短的时间里,将它粉刷、收拾完毕。木匠——也爱做泥瓦匠的活——帮我们挖了口灶,盖了只排气烟囱,砌了堵半高的薄墙隔开卧室。依照惯例,我们可以在果园的水井中汲水,在马厩里解手。

我缝了道帘子,往杆子上一挂,权当卧室门帘。我们跟木匠订购了一张桌子、四把椅子,在大村子——镇子底下最大的村子——里买了必需的厨房用品,用来做饭、吃饭。婚礼前,所有这些准备完毕。

火车突然停下时,我正在想这些事。在木椅上坐了好几个钟头,为了不妨碍其他乘客,我们尽可能地攥紧行李,几乎无法动弹,肌肉全麻了,站起来很费劲。

埃塞基耶尔先下,我把行李一件件递给他。

火车开走了,空荡荡的小站台上只剩下我们俩。我们望着一大堆的箱子、柳条筐、用绳子绑着的纸箱,所有行李都要带走。

"你在这儿等着,我先进村,看能不能找辆车……"埃塞基耶尔低声说。

我目送着他走在尘土飞扬的小路上,突然袭来的忧伤压在胸口。这是我们共同生活的开端,感觉前方困难重重。我突然很想家,很想家人。然而下一秒,离愁别绪就被我甩在一旁。我不能留恋过去,过去只有无法割舍的亲情。我的未来在那儿,在埃塞基耶尔阔步向前寻找救援那条路的尽头。

过了一个小时,他骑着驴笑眯眯地回来。

"只能找到这个。"他说。

我们将所有行李绑上驴背,浅灰色的驴耐心地驮着行李,我俩一人一边,赶着它往前走。

第一次跟埃塞基耶尔说起赤道几内亚,我跟他还没有谈恋爱。

"赤道几内亚就像一场梦。有时半夜醒来,想起那片土地上的人或事,我要很努力、很努力地才能让自己相信,我所经历的一切,都是真的……"

我俩坐在城堡垛口上,登高望远,能看见公路和村子间那条闪闪发光的河。村子是我学校所在的村子,叫下卡斯特里略。埃塞基耶尔的村子在身后,废弃城堡的后面,叫上卡斯特里略。

欧洲山杨的树枝轻轻晃动,秋日金黄的树叶闪烁在阳光下。十月的午后,田野一片安宁。

我和埃塞基耶尔成了朋友。我们一起去山里散步,选择在恬静的时间驻足于恬静的地点,欣赏风景,彼此无言。

他冷不丁地问:

"你从来不说赤道几内亚,是回忆太少?还是回忆太多?"

我很诧异。我说去过赤道几内亚,病了,只好回来,他没有好奇。

我迟疑了几秒才回答,他期待地看着我。

"赤道几内亚就像一场梦……"我开始诉说。

我想尽可能真诚,对埃塞基耶尔向来如此。他会鼓励我开口,不像现在这样问得直接。任何时候,即使他没有鼓励我开口的目的,也会认认真真地听我说话。也许,从他第一次来学校起,我就对他很信任。

我们结为很棒的同事,一起为孩子们组织活动,一起开成人班。成人班很快变成每周一次,周日上课。两个村子的人都能参加,地点在其中一所学校。

"发现没?"埃塞基耶尔问,"但凡给他们机会,他们会如何表现……"

我们很少谈论自己,所以,他刨根究底的问题吓了我一跳:你对赤道几内亚,是回忆太少?还是回忆太多……?

"……赤道几内亚是截至目前,我人生中最有趣的经历……"我说。说完沉默。

他似乎同意,可是过一会儿,就满脸不高兴地质问。他平时不这样,表情往往放松,平和。

"真搞不懂,这里有这么多和赤道几内亚相似的情况,为什么你非要去赤道几内亚教非洲人?"

完全没有过渡,他开始说自己。

"……我很小的时候,母亲死了,兄弟姐妹也死了。知道他们是怎么死的?饿死的,"他自问自答,"饿死加穷死的。父亲是牧民,可是没有羊。什么都是主人的:绵羊是主人的,羊奶是主人的,羊皮也是主人的……父亲只能挨冻,生冻疮,跟主人的狗分点硬面包……不过,牧民可以结婚生子……"

他突然停下,再说话时,眼里亮晶晶的:

"你不知道,肚子饿的时候有多生气……"

后来,他态度渐渐缓和,恢复了往常的平静。他想折回去,问我有关赤道几内亚的问题。正是那个问题,让他的反应出乎意料。

"非洲未被收复的领土,"他说,"我懂。你一定教得很好,别理我。我开始觉得嫉妒,嫉妒和你有关的一切,比如说,嫉妒那个让你幸福,或让你少点不幸福的医生……"

我惊讶得说不出话来。埃塞基耶尔在城堡脚下捡了根榛树枝,用它击打墙壁。细细的树枝可以弯曲,击打在石墙上,发出鞭声。他只顾着玩,没看我,一个劲地玩,玩得出神,像个执拗的孩子,明知道会挨批,就是不想听话。他没有挨批。他像孩子一样,烦恼,脆弱,无助,可我不知该如何安抚,补救,不知该说些什么。但那一刻,我明白我会接受他,他会和我同呼吸,共命运。

回忆要欺骗我多少次?多少过往是我随心所欲的编造?……但我坚持认为,那段日子是我一生中最幸福的时光。"那时我们年轻。"我对自己说。也许,我回忆中的幸福只是身体好,睡眠好,肌肉结实。那时我们年轻,精力旺盛,斗志昂扬,为信念而奋斗,坚信所从事的工作至关重要。

我们会做白日梦,大声地用希望建塔,用幻想架桥。"要是有一天我们能……""要是能让我们……""要是能帮我们……"。

我们努力唤起孩子们的好奇心,激发他们的想象力,被不理解的家长指责,有时被他们不怀好意地恶语相向,这些反倒成为我们的动力。

"下礼拜,我要在成人班上说说这事……"埃塞基耶尔说。或者我说:"咱们不说这个,继续努力,在孩子们身上付出的心血,争取让家长们理解。"

早在结婚前,工作已经在我和他之间建立了新的纽带。合作渐渐为今后的关系打下坚实的基础,当年的我们只是朋友和同事。

从在城堡那天埃塞基耶尔突然说嫉妒起,我们之间便开启了所谓的袒露心声的模式,想把之前的事倾诉给对方听。这是一种给予,也是未来的前奏。我和他互抢话头,不等对方说完,就忙不迭地开口,想把心里话一股脑地都说出来。

"两年后,我离开了神学院,发现那职业不适合我,又不忍心让村里的神父失望。是他让我进神学院的。他对父亲说,相信我的脑瓜子足够聪明,不至于会留在村里当牧民……"

"……或许,教师这个职业不是我选的。父亲教我敬业、自律、严格。这些原则不仅成就了我的性格,还解了我的燃眉之急,让我能自食其力……"

"……父亲并不乐意。他总说,神父是主人的朋友。但他想让我过得好,选择不多……"

"……父亲觉得,教师这个职业对女人来说,有诸多优势:高贵、体面、社会认可……"

"……于是,我开始在神父家念书,以此弥补之前少上的学……"

"……还有两个关键因素是:师范学校的学制短,学费还低……"

"……十四岁那年,我已经在山上干了很长时间的活。那年,我离开山里,去念神学院……"

"……总之,我当教师,是家庭经济状况决定的……"

"……我喜欢念书,喜欢记起学过的内容,但我想离开神学院。于是,我鼓足勇气,第一年放假,就去找堂赫瓦西奥——神父叫赫瓦西奥。我说,他给我机会离开家乡,从事其他职业,去当神父,我会永远感激,可是……"

"……小时候,我确实动过当教师的念头。当年,我的老师年轻、开朗、有耐心,学生们都喜欢她。我不知道,她的影响和父亲的意见也许在我心里同样重要……"

"……我离开神学院,去念师范学校。我力所能及地去打工,去拿奖学金,自己一点点付学费。告诉你,我在街上给人擦过皮鞋……"

我们俩说啊说,袒露完心声,打算思考未来,很严肃、一本正经地谈婚论嫁。

我们俩的恋爱在所有恋爱中最透明,最纯粹,最有计划性,所以我说,激情,所谓激情,如果将爱情理解为激情,我和他之间没有……

最后摆放的是镜子。圆镜,金色石膏镜框,女性朋友集体送我的礼物。此后,那面镜子我照过无数次,照出悲伤的我,高兴的我,害怕的我,疲惫的我,因为我有对镜沉思的习惯……镜子还在,只是时间久了,水银越来越少,镜面出现了小点和污渍,影像有点模糊。

剩下的礼物,亲朋好友的馈赠,还有母亲送的物品,都被我耐心细致地摆放在家中各处,到后来,我们觉得家里真漂亮。

把家整理完不到一个小时,两所学校的学生代表就上门来送贺礼:送我两只母鸡,送他一头小羊。我把母鸡拴在门廊,直到他在屋后盖了一座鸡圈。小羊的一侧有块蓝斑,埃塞基耶尔将它托付给牧民,让他好好照顾。他笑言道,就像自己在学校好好照顾牧民的孩子……

木匠阿马德奥既没结婚,又没生子。他帮了我们许多,对教育表现出异乎寻常的热情,有需要,他总会帮一把。门关不上,找阿马德奥;门廊里需要一张板凳,找阿马德奥。家里如此,学校也如此:阿马德奥,能给我们做一张可以折叠的长条桌吗?学生们要做手工……阿马德奥,用不着的小木板替我们留着,我们有用……

"只要学校用的,无论什么,"他对我说,"您要的,堂埃塞基耶尔要的……尽管来找我,我不收钱,我愿意做。钱我不需要,也不在乎。"他爱说话,表达得有思想,有条理。

"老师,我是这么想的,要是所有人多读书,少去酒馆,一定少受骗,日子过得更幸福……"

他跟我借报纸看:"我不喜欢从神父那儿听来的东西,他说什么,全随自己心意。从你们这儿听来的更靠谱,更明白。我的意思是,我更信你们,不信神父。"

有时,他傍晚会来找我们聊天,喜欢讨论及深入讨论诸如教育、公正等话题,认为做好工作、报酬合理可以拯救人生。他第一个报成人班,课上积极发言。

阿马德奥有个兄弟住在城里,他常去看望。"要什么,我帮你们带。"他去公路搭附近砖瓦厂的免费卡车前,总会这么跟我们说。

一天,他神秘兮兮地跑来,情绪激动。

"我在莱昂,"他告诉我们,"听说要闹个大事情。国王要逃走,人民要革命。我兄弟说,是时候该做些什么了,不能干等着,等事情发展到咱们头上来;是时候人民说话、政府倾听、要回权利了。教育是首要问题,堂埃塞基耶尔,只有教育和文化才能推动国家进步……"

埃塞基耶尔专注地听:

"我已经知道了,阿马德奥,我在报纸上看到的。看来,要有大事发生。我既高兴,又害怕,既希望发生应该发生的事,又害怕被人阻挠。"

晚上,我和埃塞基耶尔又聊到阿马德奥忧心忡忡提到的事:

"不知咱们能不能看到那一天,不过,总得尽全力试一试,如果希望咱们的孩子有朝一日,能像法国或英国的孩子那样受到良好的教育,思想自由……"

埃塞基耶尔的话让我感动。我已经满怀疑惑、满怀希望地过了三个月。听他说这番话时,我敢肯定——我怀孕了。

秋天款款而来,秋高气爽,埃塞基耶尔逼我长时间散步。他的想法很自然主义,说有孕在身,阳光、空气、雨水可以保胎,让小生命茁壮成长。

我一直爱散步,有时候拒绝出门,不是因为不想,而是因为太忙。

除了教书和家务活,我还要做迎接新生儿的各项准备:缝小床单,织小鞋子和小外套,犯愁家里地方太小,不停地琢磨摇篮放哪儿?哪儿最冬暖夏凉?

阿马德奥开始做摇篮,埃塞基耶尔给他打下手,回来兴致勃勃地对我说:"加夫列拉,这手艺真了不起!发现没?摇篮、桌子、勺子,连棺材都是阿马德奥做出来的!"

我发现了。然而,无论是阿马德奥做的摇篮,还是我缝的衣服,抑或是女人们每次遇到我就七嘴八舌给的各种建议,统统事如春梦了无痕。我不喜不忧,平静愉悦。怀孕让我远离外部世界,倾听内心的声音,观察体内最细微的变化:刺蜇,轻响,颤抖,微痛,忽冷,忽热。

我感觉体内多了一张网,它与世无争地铺开,细细的连线向头脑输送并不确切的指令。我很少去想所有人口中的孩子,如果我说,除了身体变化,还有其他感觉,那是在骗人。我不太沉迷于文学,但无论是提早感知母性,还是对新生命的憧憬,抑或是想象新生儿的模样,都没有占据我的一分一秒。

我身边已经有太多孩子,太多笑脸,太多工作,每天要回答太多回答不完的问题。

就这样,秋天在葡萄收获的喜悦中度过,一筐筐的葡萄堆满了家里,也堆满了通往我们恋爱城堡的各条散步道。

从城堡上俯视,河边欧洲山杨金色的叶子沐浴着阳光,遍布在山坡上的栎树叶子也渐渐变红。

我们坐下,埃塞基耶尔搂着我的肩,让我依偎着他。

"你不明白,"他说,"经历了这么长时间的孤独,我现在的生活就是奇迹……"

圣诞节,我们回家看望父母。火车靠站时,开始飘雪,父母已经在等我们。突然,包裹着我的那层雾、蛹一般貌似无谓的软壳被撕了个口子,泪水夺眶而出。我高兴地与他们相拥,带着一丝痛楚。

那些天,我找机会跟父亲聊天。我得告诉他埃塞基耶尔是个怎样的人,让他不用为我担心。我们沿着积雪的公路,走到邻村。十二月的阳光照得脸上微微发烫。

"我很爱埃塞基耶尔。"我对父亲说,"但是我认为,从一开始就认为,我对他的爱很平静,经过沉淀……"

我说了很久。我要告诉父亲,我对埃塞基耶尔的爱不是一时冲动、无法自已,而是静水流深、波澜不惊。他的爱轻抚着我的皮肤,有点惬意的痒。

"别担心激情,"父亲说,"激情也许会有,也许没有,也许会淹没你的生活,让你的人生高低起伏、捉摸不定,让你不自觉地从地狱升到天堂。爱情是另一码事,有许多种。我认为,你们俩之间有爱情。"

从那天起,父亲对埃塞基耶尔特别友好。

他不嫉妒了。我的想法十分荒谬,我的一番心里话让他知道,我对埃塞基耶尔的爱不会让我对他的爱减少半分。

堂科斯梅是村里的有钱人,孩子在首都上学,女儿念加尔默罗会女校,儿子念奥古斯丁会男校。"我希望他们能有教养,"一天,他对我和埃塞基耶尔说,"好的教养。"他没把孩子送到我们学校,不打算道歉,只想告诉我们他对子女的教育规划:"严要求,好教养。"

初春时节,主教来看望周边地区的孩子。堂科斯梅在家摆了桌酒席,宴请他心目中的重要人物:医生、兽医、附近村庄的神父——那是当然,还有我们。

堂科斯梅的名下有若干葡萄园和酒窖。他人住在我们村,却认为整个地区都是他的。他对埃塞基耶尔说:"好比老师您,人住这儿,在下卡斯特里略,却在上卡斯特里略当老师。我在上面村子也有地,所以我就搞不懂,什么上卡斯特里略、下卡斯特里略,这上上下下全都是我的地……"

主教来访,堂科斯梅在观点表述上更进一层。他在饭后的咖啡、雪茄和烈酒时间,举杯敬主教,让我们头一回听他做了个演讲:

"无比尊贵的主教先生,我敬您,祝您健康长寿。您致力于传播基督教教义,如今乌云压顶,国家受到威胁,我想明确地向您表示,本村人现在会、将来也会站在您那边,维护祖先传下的宗教……"

我对祝酒词的腔调有些吃惊,去看埃塞基耶尔。他不想看我,纹丝不动,眼帘低垂,似乎边听边想,全神贯注。

我被雪茄熏得头晕,找机会站起来,不辞而别,溜回家,出了一身汗,筋疲力尽地倒在床上。那时候,小宝宝已经会动,经常挪位置,特别是晚上。头几个月隐隐的动静如今变成了拳打脚踢,天知道怎么回事!

我很累,却睡不着。埃塞基耶尔回来已经是下午晚些时候。他见我在黑乎乎的屋里躺着,吓了一跳。

"不会是到时候了吧?"他吃惊地问。

见他怕成那样,我笑了,笑声让他镇定下来:

"还差一个月呢,别怕……"

可另一件事快到时候了,埃塞基耶尔告诉我。吃完饭,他和阿马德奥在一起。阿马德奥让他赶紧陪自己去趟莱昂,他兄弟家里每天都聚集着政治灵通人士。那些人想认识他,聊聊对所有人具有决定性的重大利好变化,现在比任何时候都需要让教师行动起来。

"要知道,在我国,"埃塞基耶尔告诉我,"十岁以上的人里百分之三十二都是文盲。"

他的话远远地传到我的耳朵里,很悦耳,只是我没在听。当时,我既不担心,又不感兴趣。

突然,我灵光一闪,想起堂科斯梅的祝酒词:"国家受到威胁……"威胁和阿马德奥说的聚会有没有关系?想到这儿,我睡着了,陷入孕妇的混沌状态中。

成人班还在继续上,近几个月的课被埃塞基耶尔全包了,免得我劳累。

成人班的一部分时间是真正意义的上课,用来教识字、算术、科学或历史,还有一部分时间用来讨论,讨论身边的社会和医疗话题,或埃塞基耶尔介绍的报刊时事。渐渐地,这部分时间越来越长,学生们生活在与世隔绝的状态下,迫不及待地想知道外面世界发生的事。埃塞基耶尔被他们的热情感染。"他们很会说话,"他告诉我,"他们学会了该如何表达……"

我给他泼凉水:"你得先上课,读书、识字、学知识,然后再说别的。"他同意了,可是内心日渐不安:"我明白,你说得有道理,可他们不知道自己的权利和需求,容易听信于人,被人玩弄于股掌之间。我不想搞政治,只想维护他们的政治权利……"

过火行为很快让他尝到了苦果。督导来了,惊得他目瞪口呆。一席话像一大桶凉水,浇得他热情迅速降温:"课随您怎么上,科学知识随您怎么教,集会,绝对不行。"

"埃塞基耶尔,有人把你给告了。"木匠阿马德奥说,"村里哪个狗娘养的把你给告了,不是神父就是堂科斯梅,你等着瞧……"

下午五点,我开始分娩,八点听到钟声。阵痛随着宫缩,来了又去,去了又来。阵痛间,我问自己:敲钟干吗?结婚?洗礼?还是圣日?埃塞基耶尔出门去找产婆,就是村里一位对接生特别在行的老太太。我听见叫声、笑声、说话声,钟敲个不停。我问自己:为什么敲钟?埃塞基耶尔把产婆带来了,说:"我是跑回来的。教堂司事带了人,我觉得该来的事已经来了……"

他跑了,把我扔给产婆。产婆在家里忙着架锅烧水,准备毛巾床单。外面广场上,教堂里,一片欢腾。阵痛一个连着一个,前面一个刚痛完,后面一个又接上,此起彼伏。我咬着手帕,为了不叫出声来。我痛疯了。"死了也不会比这糟糕多少。"我说。我在对自己说,产婆在小声地数落男人。要是男人生孩子,这世界怕维持不了多久。

这时,埃塞基耶尔进门,冲到床前,两手握着我的手,手在阵阵发抖。他告诉我:"来了,加夫列拉,已经到咱们这儿了。"我咬着手帕,脸痛得变形,胡言乱语,不知道他在说些什么。我除了痛,别的什么都顾不上。疼痛如此之近,如此之烈,正在发生,无休无止,没有停顿,没有喘息,残忍地向全身蔓延……

"共和国万岁!"外面传来叫声。紧接着是"万岁!万岁!……"钟声停下。这时,我扯下手帕,发出一声呐喊,呐喊声自由滚动在村里的街道上。

埃塞基耶尔说——他事后告诉我的,我呐喊后,只听神父在吼教堂司事:"是你敲钟的?谁允许你敲钟的?谁命令你敲钟的?"

我呐喊完,神父吼完,第三个叫声来了——声音更小,更弱,是女儿哭着降生在这个世界,走进我们的生活。午夜十二点不到,那天我永生难忘:一九三一年四月十四日。十个半月前,我们刚结婚。

"我没见过大海。"一次,埃塞基耶尔对我说,"你瞧,就连服兵役,我都在卡斯蒂利亚……"

如此这般的坦白总会让我思考我与他之间的差别。尽管我们都来自普通家庭,他的总比我的低一点,穷一点,总之更捉襟见肘,孤立无援,无依无靠。每次发现他付出了非人的努力才来到那个村子、那所学校,全部家当只有一张床、一只箱子,靠教师资格打天下时,我的心里总会涌出一股暖流,萌生保护他的欲望。

埃塞基耶尔把相当一部分工资花在了买书上,他喜欢将书里学到的知识跟孩子们分享,但他没见过大海。

"一切都会好的,"第二共和国①成立后没几天,他满怀期望地对我说,"一切都会改变。"

他手里握着报纸,念道:"教师们热情拥护刚刚诞生的第二共和国……第二共和国最迫在眉睫的改革之一是教

---

① 西班牙第一共和国成立于一八七三年二月十一日,结束于一八七四年十二月二十九日。第二共和国成立于一九三一年四月十四日,结束于一九三九年四月一日。

育……教师地位的提高是此项改革即将迈出的第一步……"

我怀里抱着女儿,她刚睡着,我也合上了眼。自孩子出生起,我始终缺觉。

"神父来过,问什么时候给女儿施洗。"我突然说。

埃塞基耶尔不念报纸了,惊讶地看着我。

"咱们的女儿坚决不受洗。"他说,"他要是再问,我去跟他说……"

我就知道他会这么回答,也希望他这么回答,可是心里有一层担忧。很容易猜到,一场没有硝烟的战争即将打响,一方是神父及其支持者,另一方是我们,为数不多的在四月那天高喊过"共和国万岁"的人。

"甭管他们愿不愿意,一切都会改变。"埃塞基耶尔说,"咱们的女儿会在不狂热、公平公正的土地上成长……"

他的双眼激动得闪闪发光;而我为了掩饰激动,抚摸着女儿说:

"一切都会改变。哪天我们带上女儿,还有学校里的孩子,一起乘大巴,去看大海……"

如果要我解释当年政治对我意味着什么,我解释不出。我相信文化、教育与公正,我热爱本职工作,全心投入。难道这是政治?

我在埃塞基耶尔的身上看到了父亲教我的那些东西:

生活简朴,工作努力,无私奉献。难道这是政治?

埃塞基耶尔给我读演讲、文章或新闻里有关教育的片段。我忙着照顾女儿,完成日常工作,几乎没有时间读书看报。听了那些优美的语句,我的眼里噙满了泪。

"民主政权必须履行的义务是:从幼儿园到大学,所有学校对所有学生开放,不论经济条件,只看学习能力。"该法令刊登在《官方公报》上。

有篇文章这样鼓动老师:"第二共和国终究要靠学校拯救。我们的面前有无与伦比、无比美妙的工作要做,放手去做吧!"难道这是政治?像是。第二共和国宣布成立不到十五天,老狐狸堂科斯梅上门,一副息事宁人的口气,说来看看孩子,顺便提醒我们,无条件支持刚刚成立的第二共和国会有风险。

"别搞政治。政治是议会那些人搞的,咱们这些村里人,和和气气,互相尊重就好。"他还忙不迭地补充,"加夫列拉,别告诉我有了第二共和国的那些时髦玩意儿,您就不打算给女儿施洗了。这孩子这么可爱,我可不答应……"

简直是命中注定。无论是否关乎政治,我们的想法和第二共和国四处宣扬的想法显然完全一致。

"咱们有义务将第二共和国的基本想法带到学校:自由、自治、团结、文明。"

"阿马德奥的侄女起名叫自由。"女儿出生时,埃塞基耶尔告诉我。

"好吧,随他们去。可咱们的女儿要叫胡安娜,跟你母亲一样。"我回答。

他不出声,我火了。

"别用语言欺骗自己。"我对他说,"自由就在那儿,要为它而奋斗。别去过什么嘴瘾,话说多了,会失色,没人信;行动不会……"

女儿起名叫胡安娜,没有受洗。继她之后,村里又出生了两个孩子,父母也没有让他们受洗。

"神父要气死了。"我对埃塞基耶尔说,"就怕他以为是我们在捣鬼。"

于是,在下一节成人班课上,埃塞基耶尔想把话说明白:不让女儿受洗,是我们的自由。他们怎么想,是他们的自由。这么做,不是炫耀,想法深思熟虑过。这么做,不是针对谁,或激怒谁,更不是不尊重与我们想法不同的人。

"我没有不尊重他们,"其中一位叛逆的父亲表示,"是他们很久以前就开始不尊重我。我不去教堂,因为我不想去;我不给孩子受洗,因为我不想给孩子受洗。我不会因为他们不高兴,就藏着掖着。他们给自己的孩子受洗时,会因为我不高兴就藏着掖着吗?"

"他们"已经变成无比神秘的词汇,需要视情况而定。对共和派来说,"他们"是堂科斯梅、神父和与他们看法相同的人;而对堂科斯梅及其盟友来说,"他们"是我们。

在我们这种远离城市的小村庄,对第二共和国的第一反应是茫然与不信任。很快,各人的立场越来越鲜明,分歧也越来越明显。谁也没有直接插手,村民们渐渐地分为两大阵营,一派支持新政府,一派反对新政府。

谣言满天飞,评论冷嘲热讽,大家都互相说些别有用心的话。是试探,是彩排,是炮火适应演习。

"堂科斯梅,您去准备准备,这两天,我就把羊带走。"牧民潘乔说。潘乔从堂科斯梅的父辈起就在他家放羊,主仆间绝对信任。

"你想把羊带走,我先毒死它们。"堂科斯梅笑着反驳。

"那葡萄园呢?"潘乔成心气他。

"要是有人来抢,我先一把火把它烧了。"堂科斯梅回答。

不是开玩笑,回答明显一本正经,能依稀看到意见相左后,熊熊燃烧的怒火。

一天,教堂墙上出现了用炭书写的标语:"打倒教士!"

神父做完弥撒,顶着乱蓬蓬的白发,穿着扣子扣错的教士服,拿了把刷子,使劲刷墙。字没了,一大块黑气势汹汹地留在墙上,真难看。

孩子们也无法对村里逐渐形成的政治气候置身事外。学校里能听到各种评论,有些无心,有些成心。

"我爹说,共和国想把教堂拆了……"

"你爹是敲钟的,他怕丢工作……"

"比你爹好,你爹没工作……"

我们去劝架,让他们重归于好。我和埃塞基耶尔准备了一节课,专门讲第二共和国,按历史课讲,我们谨慎再谨慎,小心又小心,攻击体制或个人的话只字不提。

孩子们默默地听,不提问。

后来,随着时间的流逝,孩子们之间开始互相嘲讽,互相攻击,互相对立,都是父母立场不同惹的祸。然而,村里又渐渐恢复正常,人民生活安宁,表面上看,什么也没变,尽管有连篇累牍的报道。

农业改革,卫生改革,教育改革,各项改革依次变成白纸黑字,尚且没有具体实施的迹象。

国家的政治变化和家里的新形势弄得我们晕头转向,时间一点点过去,一晃夏天到了。

我盼望着能回父母家,让他们见外孙女,有母亲帮着照顾胡安娜,我也能轻松点。

暑假前发生了一件事,让我们很不开心。我们的朋友——木匠阿马德奥去邻村走亲戚,晚上独自步行回家,被人揍了。黑灯瞎火的,认不出揍他的人是谁,他说:"肯定不是咱这儿的。"

他被暴揍了一顿,说揍他的人一边打他,一边反反复复地说:"臭共济会分子!臭共济会分子!臭共济会分子!"

哺乳期充盈着全新的感觉,我跟孕期一样自我封闭,与外部世界隔绝。如今,有女儿在身旁,我能感受到大地的颤动。在父母家的果园,坐在葡萄架下的石凳上或大胡桃树下纳凉,时间就这样平静地过去。

女儿的小手动了,女儿眨眼了,女儿做了个鬼脸,都会让我怦然心动。我的心思全都在暖暖的女儿身上,时光甜蜜地流过。

埃塞基耶尔走来,想跟我说他脑子里关于女儿未来的计划,我听不懂。我对她悉心照料,除了下一次睡觉,下一次喝奶,下一次嘴唇一咧——痛的?别的想不了那么远。我的生活中除了守着女儿,没有别的。女儿睡在摇篮里,我守在一旁,不知不觉打起了盹,好似脐带虽剪,我却与她并未分离,依然听从小生命的节奏与频率。她睡了,我也睡了;她因为很小的原因哭了,我也感觉到痛。

那年夏天很热,我过得很好。是我一生中最幸福的夏天吗?在回忆中选择幸福时光,总是那么艰难。但那年夏天无疑最美,最平静。我心甘情愿地扮演着母亲的角色,对周围发生的事不闻不问,连父亲和埃塞基耶尔时常聊天的内容也听不见。谈话传到我耳朵里,变成遥远的回声,充满困惑和希望。

母亲尊重我的沉默,她向来不爱说话,不过能感觉到她在我身边忙忙碌碌,处理因为我们的到来平添出的各种麻烦事。

至于父亲,他发现必须要陪埃塞基耶尔。他俩作为男人,在家里笨手笨脚,女人们自然心意相通,觉得他们碍事。

我这辈子头一回更愿意和母亲在一起,而不是和期盼已久、挚爱的父亲在一起。我觉得他能理解,并将全部兴趣转移到无人理睬、有些怀疑的埃塞基耶尔身上。

渐渐地,夏天一点点过去,出发的日子一天天临近,我舍不得离开那个温暖的避风港。和母亲告别时,我从未如此不舍,感觉无依无靠,沦为孤儿。我把父母留在火车站,他俩并肩而立,我本能地感觉到我们之间系着模糊的纽带。那是一张神秘的网,将我们连在一起。这些都是女儿的出生告诉我的。

女儿出生后,整个家变成厨房。卧室门前的帘子永远拉开,确保一览无余,畅通无阻,满屋都是炉火的热气和食物的香气。

摇篮成为我们生活的中心。桌上摆着一溜婴儿用品,几只奶瓶在开水里轮番进出。我奶水不足,从第一刻起,始终坚持奶瓶的清洗和消毒。

"倒一起就好,上顿接下顿,吃得还多。"村里的女人对我说。她们压根不洗奶瓶,只往里头加奶,不调浓度,不煮沸,瓶底都结了一层痂,酸的。

初为人母,谁都能给我建议。我借机向她们灌输儿童卫生的基本原则。

有些女人告诉我,往牛奶里加几滴烧酒,孩子睡得更香;有些女人加的是罂粟,效果一样。她们愚昧至此,我很沮丧。回到每周一次的成人班,我赶紧开始介绍婴幼儿养护知识,年轻妈妈们很感兴趣,会来听课;老太太们笑话我,让女儿别听我的。她们固执地说:"从古到今,孩子一直都这么养。"

许多孩子出生,但第一年就夭折的情况十分常见。我始终担心感染,拜托阿马德奥去买有关儿童护理的新书。他从莱昂给我捎来了一本健康手册,有关儿童护理入门。我和村里的女人们一起分享书里学到的新知识。

跟儿时的村子一样,这儿洗衣服要去河边。我知道河在哪儿,怎么洗,会挑女儿不需要我的时候,根据季节,中午或下午,拎着锌皮桶去洗,不会每次遇见村里其他女人,她们的时间比我自由。遇不见她们,我并不在意。女人们洗衣服时会说三道四,叽叽喳喳,嘻嘻哈哈,别人的家长里短如同手中的肥皂泡,嘟嘟地往外冒;别人的名声被她们胡说八道、嘲笑捉弄一番,变成脏水,流往下游。要是我在场,回家一定哭丧着脸。埃塞基耶尔安慰我:"这些女人心胸狭窄,爱对别人评头论足,咱们也得跟这种现象做斗争。"

在河边,我意外得知了一大堆俗不可耐的事:谁跟谁通奸,谁跟谁恐怕是父子,父子之间、祖孙之间的积怨和遗产纠纷。好在小河很美,一个人洗衣服时,我会沉浸在让人安宁的景色中,倾听着欧洲山杨林间的风声,看着河水静静地流淌,水面微微泛起涟漪。感受大自然让我忘却了现实生活中的一切烦恼,整个人摆脱了各种束缚,只被大美不言的土地深深吸引。

埃塞基耶尔所在的上卡斯特里略比我所在的下卡斯特里略更穷,学校更破。教室黑咕隆咚,歪歪倒倒,能上课、能住人简直是奇迹。村里人世代受穷,无人过问,埃塞基耶尔还要跟愚昧的家长做斗争。

"有沙眼、肺结核、甲状腺肿大,还想再听吗?"不顺心的日子里,他会回家发牢骚,仿佛跋涉在一条没有尽头的漫漫长路上。顺心的日子里,他会高高兴兴地回家,战胜了某个阻力,往希望的方向又迈了几步:

"其实重大的困难,咱们基本一个都解决不了,吃饭、看病是政府的事。共和派啥时候能开始兑现承诺?"

二月中旬,村里的小巷挂了层霜,亮晶晶的。炊烟艰难地飞散在蓝中泛白、凄冷生硬的天空。空气似乎都被冻住了,呼吸要费老鼻子劲。埃塞基耶尔到家,脸冻紫了,裹着皮大衣和围巾,蹬着冻僵的脚。这双脚每天上上下下,在家和学校之间,来回数公里。

"有新消息。"说是新消息,其实早就知道,这回下达了指示,要求执行:宗教内容不得进校。

他给我看督导刚刚发来的通知:"学校应与宗教分离,尤其要尊重学生的想法,不教条主义,不宗派主义……"

我们同意,也清楚即将面临的困难。第一个问题是标志物。

"学校不悬挂或摆放任何有宗教性质的标志物,在教学计划和日程中去除所有与宗教相关的教学和实践活动。"

文字表述得一清二楚,希望由教师们打响第一战。

"你能想象堂科斯梅的反应吗?"我问他。

"还有神父。"埃塞基耶尔补充道。两个村归一个神父管,附近山里人家组成的村落都归他管。

我们沉默了一会儿,埃塞基耶尔说:

"咱们得执行。我去跟村长说,让他召集村委会,我去告知村民。"

开始下雪了,雪花被狠狠地拍在玻璃窗上,压得很扁。

来的人不多,大部分来自下卡斯特里略,其他地方的人也来了一些。

村长发言。他是一位沉稳庄重的长者,遵纪守法,待人彬彬有礼,那天的态度却激烈而坚决:

"……这次开会,是想让大家知道,政府有令,摘掉挂在学校的十字架……"

屋里安静极了,没有板凳或椅子,所有人都站着。大家的呼吸遇到屋里冰冷的空气,凝成一小朵一小朵水汽变成的"白云"。

村长简单说完,埃塞基耶尔接着说:

"这不是打击,也不是辱骂或鄙视你们的信仰。可是,你们要明白,学校不是培养教徒的地方,而是要让学生尽可能地学到东西,成为有文化的人。别忘了,想成为合格的基督徒,你们有教会。这里的天主教会也好,别处的其他教会也好,都值得尊重。"

死一般的寂静。突然,一位老太太哭了。

"连上帝都不给咱们穷人留下。"她啜泣着表示。

丈夫握着她的手,劝她:

"玛丽亚,别哭了,不是这样的。你会明白的,不是这样……"

一位年轻的小伙子问:

"嗯,堂埃塞基耶尔,十字架的事咱们是不是投个票?看看是不是所有人都愿意。"

村长插话了:

"用不着投票,安德烈斯,这是上头的命令,不是老师的主意。"

人群一下子炸开了锅,所有人都在发表意见,有人大声说,有人谨慎地在一旁小声说。

埃塞基耶尔向村长提出要求:"我希望有明确的指示,什么时候,要以什么样的方式完成。我要跟孩子们去解释……"

"您不用跟我儿子解释,没有耶稣、没有道德的学校,他不会再去……"一位村民怒气冲冲地表示。

"那就送他去莱昂的教会学校,"另一位村民笑眯眯地对他说,"花大价钱,让他住校。"

几位村民向我们走来,都是成人班学员,我们都认识。不是所有人。我们注意到,有些人悄悄地走了,不想发表意见。

雪霁的街道上,村民们步履匆匆,回家围着火炉,继续讨论刚才的话题。

邻居雷吉纳帮忙照顾女儿,她在急切地等我们的消息。

雷吉纳很年轻,是成人班学员。她对我的帮助,我一辈子不会忘记。我给她钱,她不要,钱本来也不多,但无论多少,也换不来她对我女儿的关爱。

后来,阿马德奥来到家里,四五个年轻人偷偷地陆续前来,在家里聊到很晚。我们围着火炉,席地而坐,像一群地下工作者,准备行动或开战。不过,这是一次和平行动,一场不流血的战役。

"一些人担心的不是宗教,"阿马德奥说,"而是再也不能以宗教之名剥削他人。"

"他们应该明白,"埃塞基耶尔说,"道德是另一码事。它高于宗教,是融合世界各地真理和正义的化身。真理和正义无国界……"

炉火渐渐熄灭,大家也陆续离开,跟来时一样,悄悄地,带着密谋者的神情,很开心。

临睡前,我想起堂科斯梅和神父自始至终没有露面。第二天,阿马德奥告诉我们,晚上十二点,堂科斯梅家的客厅还亮着灯,从街上就能听见他和神父还有五六个人说话的声音。

摘掉墙上的十字架,我做得很简单——没有任何仪式,直接把它放进办公桌的抽屉,开始一天的授课。

我刚让大孩子们对读过的《堂吉诃德》段落发表看法,让小孩子们抄写黑板上的字词,教室门就被推开了,门口出现了熟悉的身影,是教堂司事。

"怎么了,霍克?"我问。

霍克脑子不灵,具体任务做不来,但是个好人,谁找他,他都乐意帮忙。

"神父说,让您把十字架给我……"

我一惊,有一会儿没说话。

"他要十字架干什么?"我想出个问题。

"说要拿回去好好收着,您不会好好对待十字架。"笨使者说得十分肯定。

"请转告神父,十字架是学校的,学校会好好保管,直到上面下令,该如何处置。"

孩子们互相看了看,又一起看我。他们意识到,教堂司事一来,场面很尴尬。

"我都说了,请您把十字架给我;否则,我自己动手。"霍克坚持。

雷吉纳的儿子是大孩子中的一个,他站出来替我解围:"你走吧,霍克,别打扰我们,我们在上课!"

霍克就像来时那样,双手握着贝雷帽走了。这再次让我感到真切的郁闷。我感觉,从今往后,我们的生活会很不舒坦。警报会按照计划,隔一阵,响一回。国家即将发生巨变,类似的反应不可避免,教师们正在被卷入某些巨变中。

雷吉纳平日里帮了我们大忙。她是个单身母亲,有个儿子。很年轻时,她到镇子底下的大村子帮人干活,抱了个儿子回来。女东家是个裁缝,雷吉纳什么都帮她做。于是渐渐地,在打扫卫生、熨衣服、做饭之余,她学会了做衣服。雷吉纳抱着儿子回村,打开了父母留下的空房子——家徒四壁,脏兮兮的,爬满了蜘蛛网,她清扫,粉刷,住下。一开始,她是全村人好奇的对象。河水冲走了洗衣服的脏水,也冲走了村民们戳她脊梁骨的刻薄话。久而久之,雷吉纳凭借勤劳和毅力,找到了属于自己的位置。她帮人做针线,收几个钱或鸡蛋、香肠、一袋土豆之类的实物。我来村里时,雷吉纳母子的故事早已尘埃落定。

儿子大了,长成了大小伙子,即将离开学校,去学手艺。埃塞基耶尔建议他:"想办法离开这儿。"同时建议雷吉纳:"你想想,能怎么帮他。"让众人始料未及的是,雷吉纳毫不犹豫地回答:

"去找他爹。我送他去他爹那儿,让他爹照顾他。都这么多年了,是时候了……"

这是雷吉纳第一次提到孩子的父亲,但不是最后一次。出于对我们的信任和情谊,她讲了个完整的故事:

"他是有钱人家的儿子。他爹结过婚,没有孩子。当年,他想拿钱堵我的嘴,我没要,跟他说:'你等着,会有让你用钱的那一天。'这一天已经来了,我写封信,把儿子送去。"

雷吉纳写了信,在信封上写了姓名、地址等信息,让阿马德奥带儿子去找砖瓦厂的卡车司机。阿马德奥自告奋勇,去跟司机说明情况。

"老兄,那地方我会经过。到时候我停车,告诉小伙子广场在哪儿。那个地段很中心,不要太好找……"

雷吉纳哭了,眼泪落在手里缝制的衣服上。那是村长女儿的衣服,薄荷色,带花边。

自打落了单,她常来我们家。每天快到傍晚日光渐渐昏暗时,儿子不在家,她心里空落落的。

"儿子不在,我这当妈的孤单,家里哪儿都孤单。"她解释道。于是,她会找各种借口来串门,我也会尽量找活给她干:

"雷吉纳,我去做饭,帮我看着孩子。把针线活递给我,我想向你请教……"

埃塞基耶尔有时会去阿马德奥的木匠铺,阿马德奥是为数不多的此时不泡酒馆的男人。

过一会儿,两个男人一起出现在家里,有时默不作声,有时高谈阔论,话题几乎总是那些:西班牙,还有第二共和国在西班牙人心中燃起的希望。

他们进门接着聊,煤油灯在桌上照亮了一圈温暖的区域,让谈话可以愉快地进行下去。

"咱们要跳出蜡烛和油灯的局限。"阿马德奥说,"埃塞基耶尔,你能想象这儿有台收音机吗?"

可是,电灯只通到最近的大村子,从那儿往加利西亚方向,所有山谷和深山里的村子都是漆黑一片,一穷二白。

结婚以来,态度认真、努力工作成为我生活的全部。不是说之前我会浪费大把的时间在不相干的事情上,但假期里,我也会和朋友出门散步,聊天,嬉笑,说些藏在心里、无法实现的愿望。去赤道几内亚闯荡一番后,我改变了许多。

"孩子,发烧发得你好像性子都变了。"朋友们对我说。

不是发烧发的,但那是一段炽热的回忆。我的脑海中反复出现在那个遥远世界度过的日子、认识的人,我却不想提起。那段岁月,我要珍藏在心中。朋友聊天,只要出现赤道几内亚,谈话便戛然而止,换个话题。见我总是不想提起,她们的好奇心也就渐渐淡了。

我拼命想把那段岁月藏在心里,感觉经历过的事不是真的。我回想起我的学校、黑人学生、五彩的市场、湿热的雨林、灰蓝色的海、没去成的牧场。埃米尔不断地出现在我的白日梦中,我几乎不敢去叫他的名字,却在孤独中无时无刻地回想起我们的友谊,他的面庞,他的笑容,他富有表现力的动作。

婚礼前一天,我和罗莎去散步。罗莎是我最好的朋友,她结婚了,婚姻生活看来十分美满。

"知道我在想谁吗?"我问。

她笑着回答:

"估计在想埃塞基耶尔和婚礼。"

"不,我在想埃米尔……"

她看着我,吓坏了。

"这婚别结了!"她说,"现在还来得及,加夫列拉!你不能嫁一个,心里想着另外一个。"

我想让她放心,可是做不到。我越描越黑,朋友身上的责任感越来越强。我想把心里话说出来,对自己说一回,当着别人的面,让她为我做证:

"埃米尔是唯一可能改变我生活方向的男人。他意味着自由,远方,冒险,幻想。可是我的力量不够,回不去。还有,谁说他想让我回去?埃米尔是个不确定因素,会让人徘徊在十字路口。而我一定选择了正确的方向。"

罗莎哭了,我安慰她。心里话说出口,心魔统统铲除殆尽。

和埃塞基耶尔在一起,生活开始变成我想要的样子:认真,简朴,全心工作,有成就感。

女儿的出生使婚后平静的生活更加圆满。这时,我才在埃塞基耶尔的眼神里,看到他多么渴望那些自己不曾有过的经历:

"要是女儿能走出国门,去留学,去干一番大事,就好了……"

近来,政治局势的动荡激活了乡村的一潭死水,周围的各种说法让人心潮澎湃,埃塞基耶尔心头的渴望变成心意已决。

"加夫列拉,女儿不会生活在这儿,她会走出乡村,去大城市念书,城市越大越好。马德里或巴塞罗那会有大变革,这儿恐怕没戏……"

他厌倦了每天面对暮气沉沉的村民。在公开与我们为敌的那些人的教唆下,村民的冷漠换了一种表现形式。

然而,与教师有关的消息纷至沓来。

看来,第二共和国要将教育作为改革的重心。

其中一项政策很让人宽慰:必须提高教师待遇。我俩加起来两份工资,只够勉强度日。我们很纳闷,那些一大家子只靠一份教师工资的人家,是怎么活下去的?

生活中无法逃避的磨难自出生起,我们已经习惯,不会再感到痛。我们担心的不是钱,而是社会没有给予教师这份职业应有的重视。据我们所知,有些同行在为村中权贵做牛做马;有些沦为家长的高级用人,愚昧的家长只允许教孩子他们唯一感兴趣的算术、算术、算术。教师想把学校生活变得更有意思,当地的强势家长却百般阻挠。在这种情况下,想推进一项激动人心的计划,需要有非同寻常的自信心和意志力。因此,对于折磨我们已久的烂疮来说,第二共和国提高教师地位的举措不过是一服安慰剂。

现在好了,我想,可以着手实现我的梦想了。

新希望促使我努力工作。我们参加了部里组织的手工竞赛,主题选的地理,想做西班牙地图的沙盘模型。孩子们兴致勃勃地在学校后面的栎树下,用真正的植物,做出山脉河流,每天做一点,逐步完善。一天早上,沙盘被毁,有人在地图上用石灰水画了一个巨大的十字架。孩子们伤心欲绝,好几位家长专程来到学校,告诉我,他们有多遗憾。

我沮丧极了,等埃塞基耶尔回来告诉他这件事。

"这不奇怪,"他对我说,"这时候,所有人都摘下了面具。糟糕的是,有些人只敢暗地里摘下面具……"

就这样,日子过得又酸又甜。教育部和督导组给予我们帮助和鼓励。村民们有些公开支持我们,有些因为恐惧或宗教信仰,和我们保持距离,或者如埃塞基耶尔所说的那样,暗地里行动,免得承担罪责。

一件意想不到的事发生了,给我们的生活带来了惊喜。

有消息说,第二共和国的一项创举——教育宣传队,所到之处,大受欢迎。马德里和其他城市的一群师生携带书籍、电影和留声机,去最需要的村里一天或几天,给村民们献上一场文化盛宴。作家、艺术家、知识分子纷纷加入日常组织的宣传队中。过去只是耳闻,如今督导通知,说埃塞基耶尔所在的村子被选中,即将派驻宣传队,所有邻村都在被邀请之列。

"要跟村长说,找地方,找地方给他们住……"

埃塞基耶尔紧张得要命,这么大的责任落到他头上,让他喜忧参半。

"看这帮人会不会行个方便。等咱们告诉他们,是什么活动,你等着瞧。"

埃塞基耶尔的担心不无道理。我们的任何行为,他们都会攻击,还会间接影响到我们的朋友。

雷吉纳、阿马德奥下午会来,有时待到晚上。她端个菜过来,就能一起凑顿晚饭。人走了,我们还能听见他俩站在隔壁雷吉纳家门口接着聊。一天,雷吉纳很伤心,因为儿子来信,告诉她,和父亲的关系进展良好。儿子过得开心,雷吉纳却不免暗自伤怀:

"这是我想让他过的日子,可是我觉得这儿子,我就要永远失去他了……"

当晚,他俩离开后,我们没有听见街上传来交谈声。没过两天,全村人都知道了这件事:

"阿马德奥睡了雷吉纳。那是,她儿子走了……"

礼拜天神父布道,痛批阿马德奥和雷吉纳。虽没有指名道姓,但整场布道都围绕着通奸和罪恶:"政府派来的人不信上帝,他们是来摧毁我们最美好的东西的——孩子们的信仰和道德。"雷吉纳进门,气得浑身发抖;后来,埃塞基耶尔陪阿马德奥过来。他俩第一次把话说开。

"别担心,雷吉纳。你要是愿意,我一刻也不耽误,马上准备文件,咱们结婚。当然是去民政处,神父绝对不希望咱俩踏进教堂……"

神父的含沙射影没有影响到我们的情绪。我们问心无愧,对村里的工作和生活都很满意。我们过得像农民,跟他们一样,在地上搭柴生火埋锅造饭。跟他们一样,每天吃简单的炖菜:鹰嘴豆、圆白菜、熏肠和一小块腊肉,晚上喝蒜蓉鸡蛋汤。

跟他们一样,我们用罐子提水作为家用。我跟村妇一样,无论春夏秋冬,都去河边洗衣服,有时需要破冰才能碰到水。这些都跟村民一样。

可是,我们不种地,土豆、蔬菜都要花钱去买,面包请他们在炉子里代烤。白面包和黑面包,每个至少两磅,可以放好多天,越放越软。我们播种,收获的是孩子们学业上的进步,看不见摸不着。大多数人明白,多少能看到我们的努力,也会以自己的方式表示感谢。然而,我们也知道,与此同时,其他暗潮涌动的思想也在控制着他们。流言永远存在,渗入人心。他们被影响,却不自知。酒馆里、洗衣妇聚集的河边、教堂门前,流言满天飞,威胁隐藏其中。"世上没有免费的午餐。""共和国左手给,右手拿。""你们会没地种,没牲口养。"

村民们穷得叮当响,死死地攥着一头山羊、一头奶牛、一小块地、从共有山头捡来的一把柴火、秋收时打零工——有钱人的人手不够——挣来的一点点钱。因为无知,他们疑神疑鬼,风声鹤唳。"他们会废掉民俗""连神圣的休息日都不给你们""让你们的孩子道德沦丧,目无法纪"。

晚上,村民们疲惫地把头靠在枕头上时,流言潜得更深,像地下水,哗哗地流个不停。轻轻一刨,便喷涌而出。"胡安,巴西利奥,马克西莫,你怎么看?他们真的会把属于我们的东西都抢走?会把我们的孩子抢走,去为政府干活?"

"我不知道,玛丽亚,罗莎,赫诺韦娃。我不知道,总得听着点,看到底会怎样。"有时候,睡着了,会做噩梦。

教育宣传队要来埃塞基耶尔所在的村子。消息传开了,窃窃私语变成轩然大波。人们公然询问:他们来做什么?是来拉选票吗?要收咱们多少钱?

我们在成人班学员的支持下,试图抵制正在蔓延的反教育宣传队的歪风。"你们不要信任老师,老师们也是听上头的,教孩子们不敬父母,不敬上帝,连国家都不当一回事。"埃塞基耶尔给督导写信,告诉他有人在恶意煽动。

督导不再是那个不让埃塞基耶尔上课讲解课本外知识的督导。他亲自前来，在学校召集村民们开会，非常谨慎地对他们说：

"他们来，不收钱，不做政治宣传。你们要明白，这是第二共和国依靠一群无私的人所做的努力，他们利用闲暇时间，为你们带来一场文化盛宴……"

之后，他跟埃塞基耶尔聊了一会儿：

"村民们受骗上当无数次，自然会持保留态度。再说了，这也是本能反应。他们畏惧陌生事物，搞愚民政策的人恰好可以利用这一点……"

埃塞基耶尔跟自愿留宿宣传队的村民们谈，定好时间，定好借谁的马，运装备器材到上卡斯特里略。督导走了，我们稍稍心安。

宣传队挑了学校门前的一片空地，要是下雨，老人和孩子进教室，其他人在外面自行避雨。预计观众最多有二百，如果派到邻村和农庄的宣传员得力的话。总之令人好奇，也令人期待。下卡斯特里略的村民紧张极了，雷吉纳告诉我，许多母亲去她那儿，专门改衣服给孩子穿。

"我说，替我把腰身往下收收。""给他爹的裤子卷个边，孩子长得太快，自己的裤子穿着嫌小。"

六月的早晨阳光灿烂，夏天的太阳来势汹汹，大地升腾着成熟作物的芬芳。

花香混合着百里香和迷迭香的味道。空荡荡的公路上,鹅卵石扣在尘土中,被太阳照得发亮。

公路与河道平行,河上架了一座石桥。小河属于村子,绕村而行,浇灌村里的农田;公路更偏,不在村界之内,是别人的地盘。实际上,所谓公路,路况很差,往西北方向走,与加利西亚境内另一条相差无几的公路相连。路上很少看见汽车,顶多只有小货卡,从附近村子运来建筑材料或农产品。要想进城,得去几公里之外的小火车站搭火车,再去铁路总线上一个不太重要的车站换乘。

公路边,早早地聚了好几拨人,先是孩子,再是年轻人,最后是妇女和老人。男人们没有放下日常工作,拼命维持自尊,彰显独立性。我和埃塞基耶尔站在路边,说好的时间已经过了,远处连个人影都不见。一个女人站在我附近,嘟囔道:"谁会来这种地方?谁也不会来这种地方……"

孩子们开始嬉戏玩耍,互相追逐,躲起来,被捉住,笑啊,跳啊,已经像在过节。老人们既非主角,又不用负责,无所谓时间,隐约觉得个人的生活轨迹已经无法改变。

闷闷的嗡嗡声从远方传来,像是暴风雨即将来临。孩子们停止了玩耍,嚷嚷道:"来了来了!我们能听到马达声了……"

灰尘扬起,紧接着,石子路上突然出现一辆卡车,轰鸣着驶来。

车行到我们面前,突然停下。两个姑娘和一个小伙子在车厢里,站在体积庞大的货物上,向我们招手问好。驾驶室里走出三个人,分别是督导和两位中年男子。我们走上前去,跟他们打招呼。孩子们向新来的客人鼓掌欢呼,一个喊"第二共和国万岁!"所有孩子都高声应和。站在车厢里的年轻人开着玩笑,笑呵呵地下车,汇进喧嚣的人群中。

"欢迎欢迎!"埃塞基耶尔说。"全都准备好了,咱们往上走,"他指着城堡,"村子在城堡那头。"

年轻人纷纷上前帮忙,帮宣传队的人卸车:包裹、大件、纸箱、电线。

"放电影用的,要给咱放电影……"一个孩子说。

"没电,放不成电影。"另一个孩子反驳。

"老师说,他们自己带设备,自己发电。"第一个孩子坚持说道。

负责运输的人牵来一头骡子和一匹马,很快发现,两头牲口拉不了所有装备。

"您瞧,堂埃塞基耶尔,"牵牲口的小伙子说,"上面村子没别的牲口;下面村子,嗯,您瞧……"

埃塞基耶尔看看我,咱俩想到一块儿去了:"堂科斯梅,得去找堂科斯梅帮忙。"有闲置马匹的只有他。有马的人家本来就不多,要是只有一匹,还指望它干农活,不愿意借给别人。

埃塞基耶尔和督导去堂科斯梅家借牲口,宣传队其他人拥到我身旁,问我有关村子、学校、村民性格习惯等具体问题。我们说话时,女人和老人围上前来,找机会插嘴。

"我说,你们能不能跟马德里反映一下,给我们送电?"或者,"别忘了,我们方圆好几里的地方都没有医生。"

宣传队此行是何目的,村民们不懂,一个劲地向他们诉苦。

"我们没能力解决这些问题,要是有能力就好了。"个子最高的人说,他好像也最年长。

最年轻的问我这些村子里的庄稼怎样?牲口怎样?是否经济上特别困难?

"这才是他们的根子问题:改变经济状况。"

他把这些都记下,跟我解释:

"我会把所见所闻整理成一份报告的。其实,我是学农艺的……"

宣传队员们自报姓名,可事后说起,我们依然沿用对他们的第一印象:最高最年长的是老师,最矮最年轻的是农艺师。学生们也因为各自的外貌特征而被我们记住。两个姑娘,小个子开朗、爱笑;瘦高个严肃,傲气,嗓音甜美,手也美,挥起来很优雅。她穿着白衣服,帆布鞋也是白的,一路坐卡车过来,居然没弄脏。听到别人争吵,她总是带着嘲讽的眼神,似乎想跟周围人保持距离。其实不然,无形的隔阂一定源于她天生表情严肃。在相处的日子里,她始终对我们十分友善。看得出,她是宣传队里的灵魂人物,积极,有吸引力,有她在,宣传队的工作似乎毫不费力。

小伙子被女同学们宠着,护着。他戴眼镜,额头上耷着一绺头发。小个子姑娘对他有点不客气:

"恩里克,忘了希腊语,来帮忙弄音箱……恩里克,明天你去念诗。洛尔迦①的诗你念得最好。"

宣传队待了两天,我们一起度过的时光令人难忘。我们尽可能地帮忙,兴冲冲地跟着他们,搞各种各样的活动,一些针对儿童,一些针对成人,但所有人都兴致勃勃地参加所有活动。

休息时,我们一起聊天,交流经验,交换意见,提问,批评。我们醉心于共同的梦想:团结一心,努力工作,完成伟大的教育使命,将西班牙从孤立、愚昧的状况中拯救出来。

让所有人大跌眼镜的是,堂科斯梅贡献了两匹马,帮我们运装备。

"他愿意借马,完全是出于对政府官员的尊重。"埃塞基耶尔说得斩钉截铁,"真想让你看到他对督导的态度。他悲悲戚戚地说:'抱歉不能跟你们上去,爬上去对我太遭罪……'"

尊重官员,取悦村民,或出于其他任何原因,总之,四头牲口驮着装备,在众人的簇拥和驱赶下,连同欢欣鼓舞的村民,外加宣传队员,穿过下卡斯特里略,吃力地翻过城堡,前

---

① 费德里科·加西亚·洛尔迦(Federico García Lorca,1898—1936),西班牙"二七一代"著名诗人、剧作家,代表作为《诗人在纽约》和《血的婚礼》。西班牙内战开始时,他被国民军枪杀。

往上卡斯特里略。

"想法很美好,"埃塞基耶尔承认,"激动人心,让经历过的人难以忘怀。可是,希望如果迟迟不来的话,就会变成失望……"

埃塞基耶尔抖抖索索,凡事都往坏处想。不过,这次宣传队的到来的确很美好,时至今日,我依然能记得那两天里的每一分,每一秒。

我看见那些年幼的孩子目不转睛地看木偶戏,看见老人们生平第一次欣赏到会动的画面,听见年轻人在问——相对于电影本身的奇妙,他们对机器的奥秘更感兴趣:这是怎么做到的?蓄电池怎么工作?怎么开始?怎么停下?

陌生的世界出现在村民眼前:外国纪录片、喜剧片、动画片、熟悉并钟爱的流行音乐、世界级天才们创作的音乐,观众肃然起敬,全场鸦雀无声。

他们满怀敬意地倾听胡安·拉蒙[①]的诗、马查多[②]的诗,很奇怪,有点激动。诗文歌谣本来就属于他们,近在咫尺,感同身受:《棕狼》《奥利诺斯伯爵》《少女战士》。有些歌谣,他们知道不一样的版本,我在学校跟孩子们证实过。

[①] 胡安·拉蒙·希梅内斯(Juan Ramón Jiménez,1881—1958),西班牙诗人,散文家,代表作为《小银和我》,1956 年获诺贝尔文学奖。
[②] 安东尼奥·马查多(Antonio Machado,1875—1939),西班牙"九八一代"著名诗人,代表作为《卡斯蒂利亚的田野》。

一位老人兴致勃勃地跟着他们朗诵叠句:"初恋总是难以忘怀……"

村民们开始还有抵触情绪。下卡斯特里略的村民三三两两地陆续前往,上卡斯特里略的村民依次走出黑洞洞的家,小心翼翼地靠近。

观众们围成的半圈越来越大。开始,只有最靠近舞台的几排有人,那里摆着教室的长凳,坐的是学生;后来,村民们从家里搬来椅子,坐在后面;再后来,大家在长凳和椅子后面站着,一排不够站两排,直到把整个区域占满。

等候期间,留声机里放着音乐,有卡斯蒂利亚、加利西亚、阿斯图里亚斯的民歌,都是附近地区耳熟能详的歌曲。所有人差不多找到位置后,音乐停了,女声扬起,回荡在听众黝黑的脑袋、玄色的围巾、棕色的贝雷帽上方。说话的是那个傲气姑娘,话音响彻全场:

"首先,你们自然想知道我们是谁?为什么来这儿?别怕,我们来,不要你们的任何东西,相反,要白送你们些东西。我们是一所走村串户的流动学校,不用注册,没有课本,不用流着眼泪读书,不会罚跪,不用逃学。第二共和国政府委派我们,嘱咐我们,一定要来农村,来最贫穷、最偏远的农村,来给你们展示一些东西——因为地处偏远,所以你们不知道它们,其他人会,可到目前为止,没有人来给你们展示过这些东西。我们来,也是为了让你们开心。我们希望能像喜剧演员、木偶戏演员那样给你们带来快乐,让你们开心……"

话音滑过围着舞台的观众。场面安静极了,更显得姑娘这番话内容充实,情感充沛:

"……无论城市多么普通,城里的年轻人和老人都有机会终生学习,永远开心。城市里,有些人懂的比他们多,他们只要看一看,听一听,就能学习。一切都在手边,眼睛看看,耳朵听听,不知不觉地,学也学了,玩也玩了……考虑到农村没有这种条件,第二共和国如今想做个尝试,看能不能减少这种不公平现象的发生。"

有些人微微颔首,表示同意;有些人埋头看地,似乎一刻也不想走神,要一字不漏地把话全听到耳朵里。有个孩子哭了,姑娘美妙的嗓音暂时顿了顿,只听见鸟儿在远处一棵树上叽叽喳喳地叫。一位老太太趁机说:"有这个就够了。咱们听听这个,人家还是专程送上门的。"没有人笑,没有人想让老太太闭嘴,只是用惊讶、赞许的目光寻找她。女声再次扬起:

"我们带来了幻灯片,有古代寺庙和教堂,有雕塑,有了不起的艺术家们的画作。今后,我们还想临摹珍藏在博物馆里的名画,带过来办个小型展览……"

诗歌,戏剧,音乐,美妙的声音在承诺、推出、介绍文化盛宴的内容,一开始怀疑的观众,如今已被征服。

"……当所有西班牙人不仅会识字——识字的现在已经不少,还想读书,爱读书,以读书为乐——没错,从阅读中获得乐趣,我们就会有一个全新的西班牙。为此,第二共和国已经开始在各地分发图书。我们离开时,会给你们留下一个小小的图书馆……"①

巴掌开始拍得不响,有些笨拙,掌声很快变得热烈,为活动谢幕,有些人热泪盈眶。

"情况不总是这样。"介绍的姑娘告诉我们,"有些地方比这儿更穷,更没文化。村民们思想不集中,跟不上。他们听不懂我们的词汇,还不停地抱怨。父母只留给他们饥饿、病痛与贫穷,他们是有理由抱怨的……"

总共十二人,大部分席地而坐,家里的厨房在最后一刻变成了宣传队员聚会的场所。

"我去的第一所学校在大山里。"埃塞基耶尔说,"人死了,连棺材都没有,破布一裹就好。所有孩子都咳嗽,女孩子们穿着黑色粗呢长袍。他们没见过汽车,连马车都没见过……"

"记得第一次参加宣传队,"高个子老师说,"我们根本无法接近村民。女人们躲着我们,笑着跑开;孩子们藏起来,向我们扔石头。"

"我说的那个村子,"埃塞基耶尔接着说,"只有土豆和菜豆吃,逢年过节,加块咸肉或腌肉。"

---

① 节选自曼努埃尔·巴托洛梅·科西奥《使命介绍》。——原书注

"我记得,都是我亲眼所见,我可以保证。跟他们在一起,我无地自容。真的没道理,不公平,不人道……"

我们互相抢过话头,叙述观察到的、接触到的、最令人痛心的贫困场面。面对贫困,我们无能为力。

戴眼镜的小伙子发自肺腑地说:

"搞不懂你们怎么能受得了,日复一日……"

他这么说,脸都红了。

"我的意思是:这是一种英雄行为。给教师多好的待遇,都不为过……"

大家沉默片刻,我去收拾桌子。

"给你们泡点山里的茶,怎么样?"我询问道,"这里难得会有咖啡。"

大家都说好,喝山里的茶是个不错的主意。我蹲下,将微弱的炉火拨旺。

"不管怎么说,"我站起身,"有些地方条件更差,比如说,赤道几内亚……"

我聊起赤道几内亚,众人听得津津有味。之后,表情严肃的姑娘做代表,说道:

"我们是幸运的。我们住在城市,可以念书,可以旅行。我们满怀热情地来到农村,做自认为有用、正义的事。我相信正义,教育宣传队就是一股正义的清流……"

听了姑娘这番话,大家陷入了短暂的沉默。埃塞基耶尔说话前,我先开口:

"你们是幸运的,但也是慷慨的,真诚的。你们手中最宝贵的特权是,你们乐于和他人分享,这些用金钱也买不到。"

我找来各种杯子,咖啡杯、玻璃杯、巧克力杯,倒山里的茶给他们喝。话题已经转了。客人们在我们眼前展开了一幅画卷:城市里有令人眼花缭乱的文化活动,音乐会、讲座、戏剧、展览。年轻人聊起了大学,督导聊起了教师职业的未来。

"我认为,有你们,和许许多多像你们这样的人……"

各种计划,各种希望。希望总是伴着憧憬和恐惧,向我们眨眼。

"他们会让我们这么做吗?"年长的老师问。问题悬在半空,无人回答。

已经很晚了,宣传队员们才站起身来,在埃塞基耶尔的陪同下,走出家门,回到住处。

"我最喜欢诗朗诵。"

"我最喜欢看电影。"

"我最喜欢木偶戏。"

"妈妈太高兴了,回家忘了做饭,被爸爸骂了一顿。"

"堂科斯梅说什么都好,就是要加税了。老师啊,税是什么东西?"

五花八门的评论很久才渐渐平息,大人孩子都记得。

他们有时会当街拦住我们,或放学后等着我们,就为了说一句:

"真的特别好,简直太美了。他们能不能再来……"

听说在上卡斯特里略,他们用担架把一位瘫痪病人从家里抬出来,去看宣传队表演。从那以后,病人病情好转。他笑了,胃口好了,不像过去,永远萎靡不振。

"他们说是奇迹。"埃塞基耶尔说,"大山里能听见贝多芬的《田园》,那才是奇迹!"

没过几天,宣传队赠送的书籍开始在两个村子的村民手中传阅。

"真是奇迹!"我们一而再再而三地感慨,"尽管许多人只是翻翻罢了,那也是奇迹!"

宣传队进村演出后一个月,队员们兑现承诺,寄来了留声机和一套古典音乐、地方歌谣和格列高利圣咏的唱片,这个奇迹把大家乐疯了。

星期天下午念完《玫瑰经》,许多人会来学校听音乐。我们也会组织与书有关的聚谈会和诵读会,高声把书读给那些看不懂艰涩片段的村民们听。如此奇迹,连神父都戏言道:

"对我来说,只要念《玫瑰经》的时间没被文化活动占去就好……"

女儿满两周岁那天,第二共和国已经激发了许多聪明人的学习欲望,也激发了教师们前所未有的教学热情。

梦想,我们的梦想,似乎在美好的未来即将实现。

"醒醒吧,待在这儿不值得,干什么机会都少。"一天,阿马德奥说。

秋天,多雨之秋,天气多变。刮一阵狂风,落一大片叶子,铺成一张金黄色、黄绿色、棕色交织的地毯。雨水一泡,叶子会烂;太阳总是不露面,不像往年那样,给我们送来一些温暖。阿马德奥的话预示着他会狠下心来,弃村而去。

"告诉你,我要走了,进城去。我兄弟说,干我这行的,城里出路更好。往后的日子怎么过,城里人说了算。咱这个犄角旮旯,能做的很少……"

"阿马德奥,你走,我能理解。不过我觉得,在哪儿打仗都一样。"埃塞基耶尔说。

"雷吉纳怎么办?"我问。

"由她自己决定。我的想法是明摆着的……"

雷吉纳伤心极了,态度躲闪,我逼她说出心里话:

"阿马德奥说,他要走……"

她气冲冲地看着我:

"跟我有什么关系?他要走,走好了。他做什么,与我无关。"

可我知道,阿马德奥一走,雷吉纳会很孤单。

"之前我也孤单,"她对我说,"孤单是自己的事,发自内心。从内心上讲,所有人都孤单。"

十二月到了,带着柴火烧旺的味道。白天变短,太阳懒洋洋地上山,急匆匆地下山。我们早早地躲进屋里,围着火炉煮栗子,吃栗子。

阿马德奥要走,嘴上不说,但所释放的信号,表明计划正在一步步推进。先是关铺子。他来我们家,对埃塞基耶尔说:"你看有什么需要,尽管拿走,铺子我会很快处理掉。"

再是卖房子。村里到处都在传:"阿马德奥的房子贱卖啦!"

没人想买,因为谁也不需要更大的房子,除非刚结婚的新人,可他们又没钱。最后,房子落到堂科斯梅的手里,他说:

"做仓库,或者看做什么合适。"

卖了房子,关了铺子,可行期迟迟未定。

雷吉纳和阿马德奥常在我们家碰面,那天又是如此。我实在忍不下去了,就直接发问。事后,埃塞基耶尔说我这么做太过鲁莽。

"也该是时候了,"我说,"阿马德奥总该告诉我们他啥时候离开。"

雷吉纳走到孩子跟前,喂她吃饭。她很镇定,似乎此事与她无关。

阿马德奥沉着脸,看着炉火。

"过完圣诞节就走,"他说,"不想年初再走。我兄弟在莱昂给我找了份好工作,住的地方也算干净。"

孩子困,不想吃饭。

"亲爱的,好好吃饭。"雷吉纳对她说,"吃了,才能长结实,才能自己日子自己过,不受别人支配。吃吧,吃了才能长成真正的女人。"

阿马德奥接过话头,沉着应战:

"真正的女人不为他人做牛做马,但也没必要整天昂着头,不愿让步。"

"小美人,真正的女人日子自己过,谁也不能指手画脚。"雷吉纳把孩子抱在怀里摇啊摇,反驳道。

孩子笑了,见雷吉纳生气,知道不是冲她。

"连孩子都懂,连两岁的孩子都懂:男人任性,女人不能瞎跟着……"

她怔了怔,又继续说:

"更何况,这里有我的家,我的工作。要是有一天,儿子回来,我想让他还在这儿找到我,而我还像当年那样,一个人……"

雷吉纳不想走,我们想走。我们反反复复,考虑了很久,想申请调动,调去同一个村。埃塞基耶尔每天在两个村子间上上下下,来回越来越辛苦。他不在家吃午饭,我给他做个便当,带到学校炉子上热一热。大清早,我蹑手蹑脚地起床,把炉子里的余火拨旺,开始架锅做饭。有时候失眠,我就一动不动,把时间一点点挨过去。早上,我们一起吃早饭,然后在便当里装点炖菜,用大餐巾包上,打个结,好拎。一天就这样开始了。埃塞基耶尔裹着皮大衣,套着油光发亮的牛皮靴,穿着自家织的羊毛袜,往冬日冰雪覆盖的山上走去;我目送着他,直到看不见为止,他的身影会在我眼前多停留片刻:他走得快,为了尽快赶到目的地——学校,孩子们每天都在等他。这是我们的选择,也是我们的挚爱。可是,平白无故添这么多麻烦,太累人。我们不禁要问:为什么不能一起享受吃饭时的闲暇时光?为什么老要上山下山、抄近路、走小道?三年了,我们累了。于是,埃塞基耶尔决定去跑各种必要的手续,以便我们能去同一个地方的两所学校教书。

十二月底,阿马德奥离开村子的那一天,埃塞基耶尔送他去莱昂,开始申请调动。雷吉纳和我目送着两个男人离开。她的心都碎了,但看上去很平静,最后一次跟我解释为什么留下:

"我不能走,加夫列拉。我爱阿马德奥,可我要是跟他走,肯定没有好下场。他会过他的日子,去活动,去斗争,去投身政治,把家安在贫民窟,把我扔在家里,谁也不认识。我要自己奋斗,自己去找工作。我不愿意。我的工作在这儿,家在这儿,儿子也离得不远。万一哪天儿子回来……"

春天伴着雨水来了,温热的西风吹来一场场暴风雨。

灰云和黑云越过山头,并成一大块铅灰色的云,又散落成豆大的雨点。雨水急急落下,村巷污水横流,裹挟着木棍、粗石、羊粪、卡在荒地里的羊毛,乌七八糟地混在一起。暴雨过后,太阳挂出一道彩虹,以示和解。太阳光下,万物明媚,雨水变成最后一道细细密密钻石般的雨帘。晚一点还会下雨,接着又会出太阳。春天来了,我们的调令也来了。天忽亮忽暗,与我的心情十分契合。调动在即,我很开心;要离开了,又会伤心。

发来的公函上要求我们在现任学校工作到学期末。

安定的生活再次被打破,留下无法找回的生命碎片,我又感受到断然离别的痛楚。这次情况不同,轻飘飘的行李变得厚重。埃塞基耶尔和女儿的陪伴让我安心,我们仨去哪儿,家就在哪儿。家在脑子里,在心里,或如雷吉纳所说,在整个身体里。我们仨就是我们家,掌控着我们的命运。看见梦想正在驶向安全的港湾,无法解释的忧伤却向我袭来。我对自己说:那是离别的忧伤,对无奈中止、过往生活的眷念。

夏日临近,我们在两个村子中间的草坪上组织了一场聚会,大家唱歌、念诗、吟唱诗文歌谣,还承诺要把星期天的音乐会和读书会办下去。

离开那天,连神父都来向我们告别。神父、堂科斯梅、村长,还有其他显贵。男人、女人和孩子送来大包小包的礼物,我们坐马车去小火车站,几个年轻人送我们。大家好不容易才把几袋土豆、几只母鸡、各种水果和孩子们为我们摘的山花搬进破破烂烂的车厢。和雷吉纳拥抱时,我的眼泪止不住地往下流。胡安娜也哭了,她是被送别的人群吓哭的。

火车开动,我试着去想,这个夏天将会在我父母家度过。他们一定会爱心满满,对我们呵护备至。我的心里感动极了,眼泪又要流出,我得拼命忍住。

第三部分　梦想的结局

警报响起,如同史前野兽的恸哭。

刚到山谷村,第一次听到警报,我就是这么想的。我们在公路边的长途汽车站下车,乘出租车上山。

"出事了,"司机说,"警报响得不是时候……"

从那时起,清晨、中午、傍晚、半夜,有规律的警报声决定了我们的生活节奏,发挥着它的报时功能。然而,警报有时也会意外响起,响得不是时候,发疯似的紧急召唤大家。

"出事了。"我们很快明白:警报响起意味着悲剧发生。人们从家里跑出来,沿着公路往上,赶去煤矿。所有人都在跑,心里发毛,说不出话来,彼此不看不认,跑过矿工新村和工程师驻地,到最顶上,过关卡,腿直哆嗦,进入日常状况下的禁区。有人在指引:

"是一号井,或二号井,或七号井……"矿井边聚满了人,迟迟没有消息,不知从哪儿冒出一辆破烂不堪的救护车。员工们封住了井口通道,密密匝匝的人群后面,等候着矿工家属,尽是些老弱妇孺。时间越长,焦虑越深。抽泣声此起彼伏,相互交织,变成集体呜咽。大家都在啪嗒啪嗒地掉眼泪,为灾难长吁短叹。

总算有消息了:"三人……被埋……在巷道……窒息身亡。其他人正在从八号井陆续撤出。"

时至今日,每次听见警报声,我都会告诉自己:出事了,出大事了,意料之外、情理之中的事。就像第一天去山谷村,出租车停在家——未来的家——门口,司机从我们手里一把抓过事先说好的价钱,火速离开,走之前又提醒一遍:"出事了,警报响得不是时候……"

煤粉味弥漫在空气中,煤灰薄薄地覆盖在物品上。开始不觉得,过一段时间就很明显:手脏了,衣服黑了,脸上出现黑点。味道酸酸的,辣辣的,钻进鼻子里,塞到牙缝里,堵在嗓子眼。

"这才刚刚开始,"埃塞基耶尔说,"你等着瞧!"

山谷村离我父母的村子没多远,可是先坐火车到莱昂,再换长途汽车,最后乘出租车,路上走得很慢。

一条公路穿过村子,房屋坐落在公路两旁,两所国立小学大约位于中段,中间一墙之隔,两侧是课间休息的庭院。楼下教室,楼上住家,我们把家安在了女生楼,砖砌的楼房,脏兮兮的。家面积不大,但我们觉得足够。就在学校里,方便。

家里有两间卧室和一个带阳台的小房间,厕所在楼梯间,迷你厨房,有自来水和电灯。记得第一天,我站在阳台上,望着公路那边,一排排房子后面,一辆黑色的小火车从山脚沿着窄轨往上爬。山黑乎乎的,没有植被,再往上,连着另一座已经被开采的煤山。埃塞基耶尔叫我:"下来!"

后院是一片小小的果园,种着两棵苹果树。正是夏天,草坪上的草无精打采。"非常好,不是吗?可以带女儿在上面玩……"

草坪上的草和果树上的叶子也都蒙着一层煤灰,摸上去就能感觉到。

家居用品换了几辆卡车,辗转了几个村,先行一步运到这里。我们预付了运费,邮包上写着地址:山谷村国立小学。邮包送到时,学校大门紧闭。送货员还有别的货要送,将邮包扔在门口就走了。马塞丽娜见了,走出家门,冲他吼:

"您去哪儿?东西就这么扔下?"

卡车已经发动,送货员手一挥,颠簸着沿公路往北驶去。马塞丽娜穿过公路,走到扔下来的一堆邮包前,围着邮包转了一圈,看见用毯子包裹的被褥、用绳子捆扎的床头、用钉子钉紧的木箱,每个邮包上都贴着一张纸,上面清楚地写着"山谷村国立小学"。

"我马上明白过来,这是新老师的家当。以前的老师把东西都带走了,各带各的。我不知道新来的老师是对夫妻,还在琢磨:这些是男老师的,还是女老师的?"

马塞丽娜整整围巾,扯扯围裙,头伸进自家房子,叫了声:"出去一下,就回。"

她往北走到村广场,走进村政府,问村长在哪儿:

"忙的话,把学校钥匙给我就好,我得去开门……"

"没人睬我。于是,我冲文书吼了一嗓子,吼得连村长都听见了。村长堂赫尔曼探出头来,问发生了什么事。他直摇头,想说:糟透了!但说出来的是:安托林,把钥匙给她。邮包全堆在门口,我让大儿子帮忙,好歹都搬进了门。可怜的孩子,别的啥也不会,不过人挺好,您要搬东西或是有别的需要,尽管找他……"

马塞丽娜从一开始就帮我。她看上去瘦瘦小小,精力却无比旺盛,不一会儿,就把自个儿的事都告诉了我:

"我是从河那边的村子来的——过桥前,应该能看见,家里世世代代地。山谷村的一名矿工在聚会时见到我,追我,家里人不同意,说:'矿上挣的钱比咱们多,可那钱不干净。'我喜欢华金,谁的话也不听,跟他结婚,嫁到这村子来,条件只有一个。我跟他说:'住在上头矿工新村,开玩笑,打死我也不去。我要住下面,住在老村子里,村民们世世代代也种地。'我的菜园里有四季豆、莴苣、洋葱,我养鸡,每年杀两头猪。这日子还要怎么个好法?让他上上下下跑去,我守家里。"

她有三个儿子,大儿子十七岁,二儿子十五岁,小儿子十岁。

"老大很惨,先天不足,很长时间不会说话,不会走路,到现在看上去都比小儿子还要小。他们说,是我怀他,受了惊吓。那天警报响了,我一听就想:坏了,华金出事了!我跑出门,等啊等,等啊等,等到他们说,不是华金那口井,是新矿井,刚挖的那个出事了……自那以后,我又受过几次惊吓,不过跟所有女人一样,习惯了,希望我家那位不中招,可要是真中了招,也只得认……"

马塞丽娜说完,只问了一个问题:"你们有孩子吗?""有个女儿,"我告诉她,"在我父母家。""女儿?真好!"

说完,她去帮埃塞基耶尔架床。

当晚我们住下。天又热又闷,让人透不过气来,山那边下起了暴风雨。我睡不着。人累瘫了,却因为白天太兴奋,放松不下来。

我走到阳台上,看沉睡中的村子,从阳台上能看到的那些。十二点,警报响了,街上走过两个男人,静悄悄的,背着小行李卷。没过一会儿,一条身影溜进马塞丽娜家,灯亮了。闪电歪歪扭扭地划破夜空,过了几秒,寂静的村庄头顶,炸了一声雷。

我想:明天我们就走,明天继续度假,回去跟父母、女儿团圆。

失眠中的我,眼前掠过无数以往和现在的画面。

重新开始。认识新的人,新的学生……

"哪里的学生都一样。"埃塞基耶尔说,"学校挨着,条件更好,不用点蜡烛,用电灯;不用打井水,用自来水……"

"可是纯净的空气变成了带煤烟的空气。"我反驳道。

"一切都会好的。"埃塞基耶尔说得很肯定,说完就睡着了。

没过多久,天开始下雨,大地散发着湿湿的煤烟味。

时不时地,还能闻到另一种味道:肥沃田野中的庄稼味。我回到床上,在雨水带来的清凉中渐渐入睡。

村长是共和派。

"我的祖父和父亲也做过村长,想法和我的基本不一样。但在任期间,他们不偷不抢,不为虎作伥,广受爱戴。他们为人正直……"

村长白胡子,黑西装。

"他老婆去世后,他始终一身黑,从头到脚,包括帽子和鞋子。"马塞丽娜告诉我们,"他们家几代都有绅士派头,衣着考究,一尘不染。村长跟他祖父和父亲一样,也叫堂赫尔曼,他们连名字都一样。"

堂赫尔曼跟女儿住在一起。女儿没出阁,已经是老姑娘了,头发盘起来,身材因为年龄的缘故,已无轮廓可言。我们在村政府办完手续,堂赫尔曼说:

"去我家坐坐,广场那头,对面就是。"

村长女儿将我们引进客厅,在红天鹅绒面的沙发上坐下。沙发上方,挂着一幅水彩画:蓝色的港湾中停泊着白色的轮船。

桃花心木办公桌置于两个阳台之间,上方挂着一幅油画:妙龄女郎,手握香扇,身材苗条,灰色丝裙,双肩裸露。

"是那个比利时女人。"马塞丽娜跟我解释,"堂赫尔曼娶了个金发碧眼的比利时女人,她的父亲是矿上的工程师。女儿跟妈妈有点像,但妈妈更高,更有女人味。母女俩往那儿一站,美极了。女儿是个天使!"

村长女儿问我们想喝点什么,村长说:"来一小杯雪莉酒。"女儿用托盘将酒端来,托盘中垫着一块带花边的布。

家里闻起来刚打过蜡,桌子亮堂,玻璃窗锃亮,部分被绣花窗帘遮着。木百叶窗半开半合,漏进些许七月的阳光。坐在阴暗的屋子里,要么沉默,要么静静地交谈。最里面的墙边立着一架钢琴,琴盖合着,摆着大小不一、镜框各异的照片。

"她妈妈会弹钢琴,小姑娘也会。教堂里的管风琴都是她弹,她喜欢去教堂,她妈妈也是。她爸爸不喜欢,但神父上门,他会接待。两人的关系非常好,他们之间有趣的争论我也知道,外甥女在村长家做用人,她都告诉我了。"

第一次去村长家做客,堂赫尔曼的目的是摸底。他巧妙地提问,一点点地从我们口中找到答案:我们是谁?怎么想的?教育理念如何?教学方法如何?盘问了半天,他很满意。

"看来,两位正是我们所需要的人——头脑聪明,思想开放。我们需要,是因为这个村子一点儿也不简单,是两个世界合而为一的产物:矿业和农业,煤炭和庄稼,进步和落后,全都凑在一起。你们会慢慢看到,也会慢慢明白……"

村长女儿笑了,她出神地听,似乎是第一次听父亲说这番话。

"告诉您,那姑娘是个圣女。她也是个有故事的人,哪天讲给您听,您瞧我说得有没有道理……"

"矿工们有自己的学校,"村长告诉我们,"在上头的矿工新村。教师工资是煤矿公司发,所以他们听公司的。公司强调宗教?那好,开宗教课。公司强调纪律?行,教孩子们守纪律。"

"是的,没错,矿工们有自己的学校。"马塞丽娜跟我们确认,"你们教的那些上国立小学的孩子,都是穷人家的孩子,农民家的、泥瓦匠家的,最底层的孩子……"

那时候,我们已经安顿下来了。我的学校有四十个女生,埃塞基耶尔的学校有三十二个男生,所有学生都是六到十四岁。

我头一回只教女生,很别扭,开始很不愉快。之前的学校都是男女同校,我注意到男生更活泼,理解力更强,兴趣更广泛,不怕犯错;女生更注意听讲,更持之以恒,学习更耐心,做作业更细致,也更被动。

"她们并没有什么不同,"我向埃塞基耶尔保证,"只是在不一样的环境里长大,从摇篮起就被培养得温良顺从,不好意思发言,认为自己学不会,做不来……"

因此,我想安排男女同校,让学生们互相促进,男生的特点可以帮女生完善自我。男女同校,从人的角度讲,学生可以发展得更好。埃塞基耶尔完全同意,他很绝望。

"他们怎么能死守着传统模式不放?"他问,"什么时候才能男女同校?"

"这一点特别滑稽:小村子里只有一所学校,可以男女同校;大村子里有两所学校,反倒不可以男女同校。"

他问自己,也问我,还去跟村长抱怨:

"堂赫尔曼,我们要这样几百年几百年地过下去?凭什么?就因为我们遇到了天主教会。"

堂赫尔曼沉着镇定,他让埃塞基耶尔别发火:

"您的想法没错,可要再等一等。没瞧见连法国都没有男女同校吗?想想前不久,法兰西议会闹成什么样?"

我们刚到一个月,还在艰难地适应环境,埃塞基耶尔就开始制订计划,想尽早开设成人班。他去面见堂赫尔曼,跟他商量:成人班开在男校,无论男女,均可参加,我俩轮流授课。赫尔曼听了,很是欢喜。那天正是傍晚,谈完成人班,他请埃塞基耶尔等一等。他要处理完当天最后几桩事务,才能下班。

"您愿意陪我散散步吗?这样,我们还能接着聊。医生建议我多散步,再说,我也喜欢散步。"

很快,两人经常结伴在广场上出现:堂赫尔曼又高又壮,强调时,高举手杖;埃塞基耶尔又矮又瘦,恳求公平和理解时,狂舞双手。

天黑了,等埃塞基耶尔回到家,女儿已经睡了,我在准备晚饭。灯光照亮了饭桌,桌上总有一本打开的书。书被我带到东,带到西,利用做家务的间隙偷空看两眼。"煮汤时可以看书,"我对自己说,"炸土豆时可以看书,等埃塞基耶尔时……"

埃塞基耶尔回到家,告诉我跟堂赫尔曼聊了什么,讨论了什么,有时,他手上会拿本书。

"堂赫尔曼借给我的。遇到他,真是幸运,不是吗?"他说,"他家里的藏书棒极了,有空就待在家里看书。他理智,平和,对所有问题见解深刻……"

马塞丽娜告诉我,村里没有人比他更适合当村长。他跟矿上关系好,跟神父关系好,跟山下老村子的人关系也好。喜欢他的人多,不喜欢他的人少。不喜欢他的人,该忍的时候也会忍。

她又跟我们补充,所谓少数不喜欢他的人,指的是医生、矿长和俱乐部两三个"从美洲剥削完印第安人回来"的收租户。

"还有别人,"埃塞基耶尔说,"还有别人恨他。恨他背叛了自己的阶级,这点很难原谅。对许多人来说,村长'老爷'不应该是共和派……"

秋燥。放学后,我们喜欢带女儿在周边散步,有两条路很快备受青睐:河边沿公路往下,屋后的上山道,在煤矿的另一侧。

山上栽满了欧洲山毛榉、栗子树和榛子树,伐木还没有伐到那片林子。厚厚的落叶踩上去,沙沙作响;树干上爬满了野生藤蔓。我们采摘从毛茸茸的外壳中探出光滑果壳的栗子。晶晶亮的榛子和山毛榉从果苞中冒出头来,胡安娜说,把果实藏进树洞,"给松鼠吃"。

林子间的空地全是草坪,供奶牛们恬静地吃草。胡安娜在草坪上撒欢,靠近那些奶牛,一点儿也不害怕。有时候,有个小男孩会来放牛,到挤奶、进圈的时间再把牛赶回去。

"爸爸在矿上,妈妈在家干活,我来帮把手。"小男孩解释道。

"矿业和农业。"埃塞基耶尔回家时说。

"爸爸从矿上回来,又脏又累,浑身都是煤,吸了太多粉尘,透不过气来,会喝一杯刚刚挤好的奶……"

河边那条路同样吸引我们,沿着小径,可以在灌木丛、野玫瑰、西洋接骨木——花朵是白色的,很香——中穿行。初秋连着夏末,将横扫下来的枯枝、黄叶和空鸟窝作为战利品投进河里。隐约看见河对岸有农舍、草坪和大片大片的庄稼地,对岸的平原更肥沃,这边的土地伸展不开,很快被陡峭的山脉挡住去路。

那年秋天很长,艳阳天将我们懒懒地晒到冬日。在寒冷的天气到来之前,我们已经熟悉了山谷村的自然环境。

饭桌上摆着带馅的油饼、面条、刚做好的重糖牛奶鸡蛋饼、装在黄铜木柄巧克力壶中的一大罐巧克力茶,堂赫尔曼的女儿埃洛伊萨端着壶,为大家斟茶。客人们围坐在桌边,东道主父女分坐在桌首和桌尾。

那天是万圣节。一大早,下了一场冷冷的雨。后来雨停了,乌云还盘桓在村子上空。

广场上弥漫着墓地的气息。大片大片的叶子在眼前飞舞,踩上去,叶子中间的雨水会被挤出。走进堂赫尔曼家的门廊时,我感到一阵焦虑,本能地想往后退。

"节日暗示,"我对自己说,"悲凉的一天,体感而已。"

"有对夫妇,我想介绍你们认识。"堂赫尔曼说,"丈夫是矿上学校的老师,妻子也是。你们会很有共同语言。"

我们在台阶上,就听见堂赫尔曼低沉的嗓音。女佣接过我们的雨伞、我的大衣和埃塞基耶尔的皮大衣。

"……我觉得,总得做点什么……"村长说。

我们进门,他停下,开始介绍:伊内斯和多明戈,加夫列拉和埃塞基耶尔。他们比我们更年轻,更笑容可掬,更洒脱自如。

他们在聊政治,眼看着就要大选,预测的结果悲观透顶。

"右翼党派再次联手,"堂赫尔曼说,"左翼党派分崩离析,简直无能为力。但总得做点什么……"

埃洛伊萨步入客厅,请我们进餐厅。餐桌看上去光彩照人:花边桌布,细瓷茶具,银托盘。餐具柄上装饰着玫瑰花和小叶子,看得我入神。

埃洛伊萨留意到我的目光,解释道:

"是一位比利时金银匠的作品,真是位艺术家,我外婆寄来……给我的。"

我留意到她说最后三个字"给我的"时,有些迟疑。她瞟了一眼父亲,笑容退去,后来离开餐厅,去找什么东西。

堂赫尔曼不说话了,等女儿回来,开启饭后甜点。有那么一会儿,饭桌上一片安静。随后,埃洛伊萨进来,给大家斟巧克力茶。

"矿上情况如何?"埃塞基耶尔问。

多明戈马上明白,他问的不是学校,而是矿工和弥漫在矿工周围的政治气氛。

"你可以想象,"多明戈回答,"他们快绝望了。今年到现在,因为设备故障,已经死了好几名矿工。工资与工作强度、工作风险不挂钩,不遵守与工会达成的工作时间。明天正好有场集会,你要是想参加……"

堂赫尔曼在听,基本没吃东西,喝着热气腾腾的巧克力茶,漫不经心地掰着面包圈。

"我担心这么做,没有好下场。迟早会发生暴力冲突,后果还得我们来承担。"他说。

"暴力有时无法避免,"多明戈说,"有时候,只能用暴力说话。"

堂赫尔曼悲伤地摇了摇头。

"第二共和国不负众望,和平建立。"他反驳道,"为什么就不能和平推进?"

问题悬在半空,无人回答。

"答案会很残忍。"埃塞基耶尔对我说。说话时,已是晚上,女儿睡了。我俩面对面,坐在厨房,再议白天发生的事。

"非常残忍。堂赫尔曼是个聪明人,他应该知道,他那种人道主义的愿望——不动干戈、歌舞升平地施行第二共和国的纲领——很难实现。他没有像我这样在大山里和牧民们一起生活过,也没有像多明戈那样在煤矿里和矿工们一起生活过,他不知道有些人已经等不及了……"

他阴森森的口气给我留下的印象很深,我又像走进堂赫尔曼家那样,心里一沉。

的确,时间没有带来大家翘首以盼的重大变革。报纸杂志危言耸听,说要大祸临头。十一月的大选已经临近,多明戈在埃塞基耶尔需要的时候走进了我们的生活。我想起他下午的那番话,很显然,他已经积极参与到矿工的政治斗争中。

"一九三一年颁布过法令：中学必须男女同校。我记得还提过将男女同校推行到其他阶段，包括小学的可能性。"一天，多明戈告诉我们。

这项法令确实存在。在督导的一次例行巡查中，我们向他做了汇报，请求他批准我们的计划，并付诸实施。计划为男女混班，分为两大组——一组到九岁，另一组十到十四岁，每组在一所学校学习。

督导原则上很支持，他属于力挺第二共和国的那些人。不分年级的学校同时要教不同年龄段的学生，难度很大。他对相关学校的呼吁了然于心。

"小学男女同校的例子不多，但我知道一些。我会跟村长谈，有时候，村民会通过村政府拒绝男女同校。"

堂赫尔曼表示同意。可是有一天，他把我们叫到家里，走到柜子前，取出一只文件夹，里面全是剪报，按年代排列。他给我们看了其中一张，是教皇庇护十一世颁布的通告，其中有这么一段：

"男女本身在机体、习性、能力上有所差异，因此，没有任何理由让他们一起接受教育，更不用说接受同等教育。"

"咱们得知道这个，"他说，"但我要往前迈一步。"

没几天，我们召开了家长会，地点在埃塞基耶尔的学校。

来了很多家长,但没有全来。我们向家长们解释了工作计划,按年龄、不按性别分组的必要性——无论在学习上,还是在两性相处上,这样分组会给学生带来的好处,"好比在家里,兄弟姐妹共处"。家长们反应不一,许多人不发表意见。发表意见的家长瞬间分成两派:一派认为男女同校不道德,另一派认为男女同校益处多。

"我只有一个请求,请诸位持观望态度,"埃塞基耶尔对那些不情愿的家长说,"看结果会如何。"

看结果,需要等;看决定本身的后果,不用等。

"您得跟我说说,您在村里支持的那什么具有革命性的学校,都是些什么玩意儿?"神父去村政府,找堂赫尔曼理论。

堂赫尔曼的立场十分坚定:

"请允许我不费那个工夫就来反驳您,您就稍微想想,您组织的那些传教活动,村政府什么时候禁止过?阻挠过?……从个人角度讲,您对我女儿的影响,我什么时候批评过?"

那时候,马塞丽娜已经把埃洛伊萨的故事讲给我听了:

"她交过一个男朋友,是法国人,跟她外公一样,在矿上当工程师。因为语言相通,法国人常去村长家做客。那时候,村长还不是村长,在爷爷村长和父亲村长之间,还有别人当过村长。

"……怎么说呢？那时候,埃洛伊萨是个漂亮姑娘,有点不爱跟人交往,她爱上了法国人。而法国人,怎么说呢？简直为她神魂颠倒。那时候,她妈妈还在,已经病了;堂赫尔曼和法国人相处得不错。于是,他们恋爱了。能看得到,他们同进同出,一块儿散步,法国人隔三岔五去她家吃饭。所有人都说他们要结婚了,她都开始置办嫁妆了,当年还在世的外婆从比利时寄来花边等各种礼物。您瞧,这边恋爱谈得正欢,那边堂赫尔曼纯属为了心安,正儿八经做了调查,结果发现法国人居然结过婚。这么说吧,他倒不是想犯重婚罪,他在法国已经跟老婆离婚了。

"堂赫尔曼约法国人见面,小伙子来了,说谈婚论嫁前,想先坦白一下自己的婚姻状况……总之就这么一来一回,消息传到她妈妈耳朵里,气得她只剩一口气。就是因为神父横插一脚,把这事儿捅到她那里……您瞧瞧,打算好好去见上帝的人,突然被人质问:为何让女儿犯下如此罪过？她这辈子就这么一个寄托。夫人,您知道她身为天主教徒,会是怎样的感受。让纯洁无瑕的女儿嫁给一个重婚犯——教会又不认什么离婚,您懂的,她良心上怎么过得去……

"此时,所有人都一条心:妈妈为了信仰,女儿为了妈妈,爸爸担心夫人会病情恶化、女儿会嫁错人家。于是,说什么也没用,堂赫尔曼请法国人离开,帮他在很远的矿区——不在西班牙——找了份好工作。您瞧,埃洛伊萨就像妈妈所期望的那样,献身于宗教,爸爸也不敢说什么。埃洛伊萨乖乖认命,因为她是那种认为神父说什么都对的人……"

堂赫尔曼叫我们去他家,告诉我们神父的反应。他在复述和神父的对话时,埃洛伊萨若有所思地在客厅阳台边做针线。

她忙得头也不抬,似乎没在听。身影逆光投在被广场灯光照亮的玻璃窗上,屋里的她只是一团俯身在绣品上的黑影,一个影子。

胡安娜健康茁壮地成长,长成了快乐的小姑娘。她两岁半,小嘴巴整天叽叽喳喳。她喜欢各种词汇,发现一个就会停下,反复练习,练熟为止,把它添加到个人词库中。每晚临睡前,她会悄声复习新词汇,有些发音喜欢,有些莫名喜欢。"鞋子、鱿鱼、蜘蛛。"她选词,就像在河滩上挑小石子:圆的、尖的、灰的、带斑点的。词汇跟石头一样,选出来收好,白天拿出来使用或晚上把玩着入睡:"沙、风、梳子"。

两间卧室,胡安娜睡一间,我们睡一间,卧室门都对着带阳台的小房间,采光,通风。

一晚,我突然醒了,莫名其妙地冲到女儿房间,床上没人。我跑进厨房,又回到我俩的卧室,把埃塞基耶尔弄醒。两人大叫"胡安娜!"哭声立刻从床底下响起。胡安娜缩在最里头,直到听见我们叫她。

"她从床上掉下去了,"埃塞基耶尔说,"没醒,一点点滑到墙边。"

很容易解释,没出什么意外。埃塞基耶尔回到床上,女儿眨眼就睡着了,我却不忍心把她独自留下,坐在她身边,脑袋靠着她的枕头,惊魂未定。我会心慌,这次因为几秒钟的不知所措,过去因为孩子咳嗽、发烧、生病等各种让人揪心的症状。心慌也是我患上的疾病,身为人母的执念,无法治愈,无药可救。

"这一点,男人没法儿懂。"我讲给马塞丽娜听,她评论道,"您瞧我家里,有个又傻又笨的儿子,简直拿他没办法。我死了,他怎么办?我会在深更半夜想到这个问题,然后就睡不着了,什么情况都考虑过:会不会有人虐待他?会不会有人欺负他?他会不会去讨饭?兄弟姐妹不一样,毕竟不是父母。等各人成家有了孩子,那该如何是好?华金才不会因为这个睡不着觉,人家一觉睡到大天亮。要是我对他说:真羡慕你,睡眠质量这么好!您猜他会怎么说?要是我像他那么劳累,我也能睡得着。您瞧瞧?说得好像我不干活似的……"

马塞丽娜干活,每天每时每刻都在干活,在家里,在菜园里,在牲口圈,在市场上。每周一,她把家里吃不完的鸡蛋和莴笋,还有辛辛苦苦好不容易弄来的数量不多的各种物品拿到市场上去卖。她是个好人,从一开始就帮我。要是我回头看,总会发现在生活中曾经帮助过我的女性。马塞丽娜就像之前的雷吉纳,我去上课,或难得要出门一趟,都会把胡安娜托付给她。我的生活围着女儿和学校转,家和家务活与之相比,对我来说,就是休息。

"您也是活干多了,"马塞丽娜有时会瞎嘀咕,"不管愿不愿意,您跟他一样,有个学校要管。可是,谁做饭?谁洗衣服?谁熨衣服?谁带孩子?我看他成天只知道去广场,去矿上,他跟矿区学校的老师是好朋友,您就少干了交朋友这件事。对了,我家华金告诉我,那人脑子灵、心肠好,快跟煤矿公司的人闹翻了。您听听,矿上什么事,他都要发表意见,工会什么的那些事。我家华金说,他得小心,没准哪天,就被人一脚踹到街上去了……"

我老笑话她对男人总是各种看不惯,明白她说得有理,但还是想劝她:

"这些都在理。可是,马塞丽娜,您说说,咱们女人揽了太多事在自己身上,又怎么样呢?我是不能把女儿交给埃塞基耶尔,自己去广场跟朋友聊天的。我知道这么做很公平,可我不能这么做,我对他不放心,我也不想去跟朋友聊天。当妈的既光荣,又受罪。这话您听我说过不止一次。"

马塞丽娜听不进劝。她的想法是在常识基础上持续思考的结果,在观察和经验的基础上简单分析的结果,我能理解。过去,我拼命在成人班向女人灌输女性权利;可现在,我却囿于自身局限无法自拔。马塞丽娜似乎明白这一点,她没好气地斜着眼看我,开口时,语气却软了下来:

"你们这些念过书的女人,说得比谁都好听,做的时候又怎样?做不到!当不了榜样。可怜的女人!"

多明戈的妻子伊内斯谈到这个问题,完全是另一种论调。她给我看了几本有关女性的书,头一本振聋发聩地提出了女性自由的思想,其余都和政治有关,煽动女性读者争取体面的社会地位,对抗男性压迫者。

"我只能告诉你,我没想过要孩子。"伊内斯表示,"谁说我要跟多明戈过一辈子?"

她说得没错。谈到这些话题,我总会隐隐地不安。我有先进的教育理念,个人生活却十分传统:结了婚,就要过一辈子,孩子是离婚的重大障碍。父母虽然没有用宗教思想束缚我,但他们的言传身教有悖于让我接受的自由教育。父亲总是对我说:自由是思想上的自由。没错。然而,在思想自由和行为方式之间,有一整套约定俗成的态度、意见和观点。思想自由本身没错,可打着自由的旗号,打破好与坏、合适与不合适这些亘古有之的壁垒,是危险行为。对父母而言,如果有一天,我去质疑婚姻,显然不合适。

理论思考之后,内心的不安与烦恼转到了其他方向。在潜意识的角落里,心灵与记忆带我回到并不遥远的过去——赤道几内亚之行。那段经历原本可以是一条通往自由的道路,后来发生的事却一点点地将我变成了如今的加夫列拉,我不可救药地变成了好妻子、好母亲、好公民。我落入了人生的陷阱。

木屐是阿斯图里亚斯人在赶大集时捎来的,集市在河对岸的村子。村里主要发展农牧业,从某种意义上讲,它是北部地区和中央高原的边界。山口那边的手艺人也会来赶集,他们用骡子驮轭、扬谷用的长柄草杈和木屐,来集市上交换菜豆、鹰嘴豆、宾豆等莱昂地区的物品。集市设在村外山寺前的一大片草坪上,马塞丽娜就是从那个村来到山谷村的。

"哪天我们带孩子去赶集。集市可漂亮了,商贩们会在我父母家歇脚。"

我们去了,那天很开心。胡安娜兴奋极了,我们在集市上给她买了些小玩意儿。不过,最称心的是木屐,一双给我,一双小的给她。

后来,下了第一场雪,我们开始穿木屐。那场雪来得早,宣告着秋天的结束。雪脏得很快,高低不平的砾石路面上,满眼都是脏兮兮的水洼。炉片烧得通红,我们把厨房门开着,好让整个家都暖和些。最舒服的还是厨房,挨着炭火释放的热气。炉子上架着各种锅,锅里的东西嘟噜嘟噜响。总有一口锅里烧着热水,用来冲泡母菊花茶或往煮菜的锅里加水。炉子上炖着吃的,锅里冒出蒸汽和饭菜香,让人心满意足。窗外的世界只有黑白两色,透着威胁。

埃塞基耶尔进屋,抖一抖湿湿的皮大衣,将一张报纸摊

在桌上,让我看:

"这是最终结果,灾难性的结果……"

"右翼政党以绝对多数取胜……""左翼政党分崩离析""老房子……""经济危机的加剧……""工人联盟表示,他们会团结一致,与共同的敌人——资本主义——做斗争。"埃塞基耶尔抱着头,我想劝他:

"只是一次选举罢了,以后还会有别的选举,结果会不同……"

"是会有别的选举,可这不是好兆头。第二共和国输了一场至关重要的战役,你等着瞧……"

他晚饭吃得飞快,没喝完陶罐里热气腾腾的油煎大蒜面包汤,瞅一眼女儿被子盖没盖好,人又回到厨房。

"胡安娜睡着了。"他说,"胡安娜,小胡安娜。我需要圣女贞德①的勇气才能在这个国家继续活下去。"

他突然说:

"我再出去一趟,我太紧张了,去广场找堂赫尔曼和多明戈。他们约了其他朋友,在堂路易斯家的药铺里屋听广播。"

"别太晚回来。"我小声叮嘱。

我去收拾厨房,洗碗,开始批改作业。埃塞基耶尔的学生作业在椅子上,等他回来,会像每天晚上那样,一本本仔

---

① 圣女贞德的名字也叫胡安娜。

细批改。

马塞丽娜的三个儿子,两个在埃塞基耶尔的学校:小儿子和大儿子。大儿子马特奥的智力明显较差,埃塞基耶尔找他父母谈过,表达了个人看法:

"他应该来上学,我会尽量多照顾,可这不够。还要考虑给他找个地方学手艺,哪怕是最简单的手艺……"

马特奥的父亲找了个技工作坊,让他每天下午去两个钟头,干点零活,学点最基本的手艺。这样一来,他可以空出早上的时间去学校上课。根据督导认可的学生再分配方案,埃塞基耶尔学校最小的孩子十岁,男女同校。马特奥和这批学生在一起,坐在前排,挨着他弟弟。

第一天上课,埃塞基耶尔向学生们介绍了马特奥的情况,说他因为生病,耽误了不少时间,让大家理解他,帮助他。

在座的半大小子,只有几个互相碰了碰肘,嘲笑地看着马特奥;大部分表现很好,特别是女生,一开始就接受他,关心他。

弟弟在学校左右为难。哥哥的举止像个孩子,他觉得拘束,但同时责任重大,有必要帮哥哥一把,自己却抬不起头来。

埃塞基耶尔每天为马特奥专门备课,试图帮他把耽误的时间补回来。他想方设法地让他明白各种符号、字母、单词、数字的含义,但他不能在马特奥一个人身上花太多时间。马特奥默默地听埃塞基耶尔讲课,想明白为什么其他同学那么兴致盎然,自己却一头雾水,啥也听不懂。有时,他舞着胳膊,似乎想拨开缠在脑海中的迷雾。

"他专心得让人心痛,"埃塞基耶尔对我说,"嘴巴大张着,想跟上进度,可是做不到,于是便像风车一样挥舞着双臂……"

马特奥需要个别辅导,埃塞基耶尔很难做到,我决定每天放学后辅导他一会儿。这是个不错的解决办法,我们一点点注意到马特奥非常缓慢、但很明显地在进步。另一方面,班级生活对他也是很大的鼓励。他和同学们关系很好,所有同学最终都接受了他。

学生接受,有些家长偏不接受。很快我们就听到了各种抱怨:

"我家儿子说马特奥让他分心,影响他上课……"

"马特奥挡着我家女儿了。他比她高,坐她前面,挡黑板。"

"马特奥抢我家儿子的橡皮和石板笔。"

"我们都是健康孩子的父母,真不明白,为什么一个傻子要跟正常孩子一起上课?"

埃塞基耶尔耐心地听取并回答家长们的意见,希望他们能打消疑虑,摒弃自私和愚昧。

他没有举出人道主义方面的理由,更乐意从公平公正入手:

"学校是国家办的。国家出钱,意味着学校是所有人的学校:聪明的、不聪明的,用功的、不用功的,所有人都有权接受良好的教育。村里没有特殊学校,马特奥来上我们学校,是因为只有这里可以接收他。我倒奇怪,为什么学校之前不接收他?他是个好学生,不会上课捣乱。"

埃塞基耶尔搬出上面来压人,让人很难反驳。有些家长开始对他不满,心生怨恨,我怕哪天会爆发人身攻击,针锋相对,酿成苦果。

圣诞节快到了,连日寒冬,我几乎不出门,下楼去教室,上楼进厨房。上课时,有个聪明有教养的女孩子帮我照顾胡安娜。她是矿工的女儿,父亲在矿上死了,母亲需要大的帮着带小的。她十五岁,后来也跟马特奥一样,成为我的编外学生。她冰雪聪明,一看就懂,一听就明白。她爱跟我聊天,跟我们在一起很幸福。好些天,我赶她走,她才回家。胡安娜很喜欢她,张口"米拉",闭口"米拉"。就这样,艾米莉亚有个了新名字,似乎她从来就叫"米拉"。

通过米拉,我了解到矿区的许多事。用不着问,她自然会告诉我矿工新村的生活趣闻。

"我爹是阿斯图里亚斯人,人家给他介绍了这份工作,他觉得更合适,就来了,"一天,她对我说,"后来认识了我妈,在这儿安了家。爷爷也是矿工,在阿斯图里亚斯的煤矿,退休了,病得很重,跟所有这里退休的人一样。"她指了指肺。

她观察周围发生的事,做些天真、睿智的思考:

"矿工爱喝酒,天天去酒馆。堂娜加夫列拉,我能理解。他们总是被埋在地下,一旦重见天日,等于重生。我爹老说:'又活过来一天。'……"

她陷入沉思,我想转移她的注意力,不提那天她爹再也没上来。可我发现她想说,需要跟别人分享自己的感受。

她大声回忆过去,规划未来:

"要是我爹没死,我就不用干这个。我会去莱昂念书,或去奥维耶多找爷爷奶奶,我爹都盘算好了。我是家里唯一想念书的孩子,我想当老师。哪天有条件了,我还是想当老师……"她微笑着,期待奇迹发生。

"不去做,就不会有奇迹。"我们跟多明戈聊起米拉,他说,"煤矿公司没兴趣帮助矿工子女,更别说是那些对采矿毫无帮助的孩子了,不如去提高技工水平,好歹能为他们所用……"

十二月中旬,新政府成立。右翼政党胜利后,随之而来的政治动荡和工人对社会的不满在矿工新村感受得特别深。

气氛变了。尽管我们在山谷村住的时间不长,也能感受到变化之大,尤其在上面的矿工新村。那里是工业区,工人活跃,脑子灵。两所学校所在的老村子,住的都是普通农民和手艺人,对政坛沉浮只能被动接受。堂赫尔曼提醒过:这是两个世界。根据学生家长的反应,我们已经注意到,下面村子符合农业村的特点,麻木,落后,在一定范围内容易控制。

"下面村子,神父说了算;上面村子,政府说了算。"马塞丽娜总结过。

如今,圣诞将至,广场及周围热闹极了,上下村子的人都在欣赏进口品商店里的食品、饮品和玩具。天冷,街上依然人头攒动。看得出,人们不仅在准备过年,还有种不安的气氛在里头。谣言四起,小道消息满大街飞。

"……昨天神父在布道时说,西班牙该有个基督教政府了。有人听了,站起来就走。""……有人冲堂赫尔曼扔了只雪球,里面藏了块石头。对准他扔的,还好只擦着外套。""……四名矿工抓着矿区医生要揍他,因为他让一位生病的矿工提前出院。""……听说谁敢活动,就炒了谁。""……矿工们砸了格里苏酒吧的吧台,把假圣人安塞尔莫吊起来了……"

埃塞基耶尔坐立不安,每天下午去广场。他想感受现场气氛,看村民们的表情,听他们粗暴地抗议。要想随时关注政治动态,只能听广播。下午晚些时候,他会去药房,与堂赫尔曼为首的、狂热的共和派分子会合,全神贯注地收听来自马德里的消息,回家冻得透心凉,一句话不说。

"我琢磨着,"一天,我突发奇想,"咱们应该买一台收音机。除了听新闻,也能听音乐、听歌剧;还可以听听儿童节目……"

埃塞基耶尔觉得这主意不错,第一天放假,就坐长途车去莱昂。多明戈经常进城,陪他一块儿去:

"我知道在哪儿买。"

第二天,他们把收音机买回来了,放在厨房一角马塞丽娜的丈夫华金准备的三角柜上。

从那刻起,收音机成为我们生活中的一件重要物品,不仅如此,连马塞丽娜一家和附近人家的女人们也会时不时地来听。

声音从木格栅传出,让我们接触到遥远的世界。那只漂亮的木匣子对我们的意义远远超出它本身的价钱。然而,埃塞基耶尔还是每天下午去广场。和朋友们在一起,他才能缓解内心的焦虑,每天又会多一些新的焦虑。

"敬共和国!"堂赫尔曼举杯。

一九三四年刚刚在歌声和欢呼声中来临。广场上,铃鼓、鼓、摇铃等一千零一种能发出声响的物品,陪同村民们共同迎接新年的到来。

"敬和平!"埃洛伊萨举杯。

"敬反叛!"伊内斯举杯。

她晚饭前就在喝酒,两眼直放光,和埃洛伊萨反着说,有些无礼或故意挑衅。

"敬同伴!"多明戈举杯,手臂绕了一大圈,似乎把所有在场或不在场的人全都包括进去了。

埃塞基耶尔很少喝酒,多明戈开始劝:

"哎呀,埃塞基耶尔,想个理由敬个酒,干了这杯。否则,酒都白敬了。"

埃塞基耶尔笑笑,发现自己要费好大的劲,才能像其他人那样开心。

"我来敬……"他说,"梦想!敬曾经有过、瞬间破灭的梦想!"

轮到我。我从一开始就下定决心最后一个敬酒,一直等。我激动得不能自已,舌头打结。

"敬未来!"我说。

"未来"两字承载了我们所有的希望。未来究竟往何处去?无法预料。未来是崇高的,但不确定,让人怀疑,却足以改变接下来的分分秒秒。

然后,所有人齐声说:"敬我们!"说这三个字的光景,我抽空想到了胡安娜,想到了父母,想到了某个在非洲小岛上迷失的灵魂。

那个跨年夜因为挥之不去的忧伤,永远印在了我的脑海中。贺完新年,刚到家,马塞丽娜就来敲门,怀里抱着胡安娜。孩子裹着毯子,睡着了。

"我把孩子送回来。"她说,"华金病了,晚上家里折腾,我怕吵醒她。原谅我没有说到做到,真对不起。"

马塞丽娜客气得让我脸上挂不住。她不仅帮着照顾孩子,还因为说好早上送回来,现在提前了,跟我们说对不起。

我把女儿放在床上,安顿好,让埃塞基耶尔看着她睡觉,马上去了马塞丽娜家。华金躺在大床上,脸烧得通红,睁不开眼,时不时打个寒战。

"他从十二点起就这样,开始突然说不舒服,撑不到十二点吃葡萄①。马特奥把葡萄都准备好了,打算十二点敲平底煎锅,边敲边吃。他说真不舒服,我说再等会儿……可他二话不说,往床边走,和衣往床上一倒。我们几个帮他把衣服脱了,然后他就烧成这样……"

我安慰她,建议让埃塞基耶尔去找医生。

"今天这个日子去找医生?"马塞丽娜很为难。

但她同意了。一小时后,矿上的医生出诊上门,说华金得了急性肺炎。"当然,"医生又补充道,"除了他身体上的问题……"

马塞丽娜不知道华金身体上有什么问题,医生没好气

---

① 在西班牙,有迎接新年要和着午夜十二点的十二下钟声吃十二颗葡萄的传统。

地跟她解释,谁叫自己多嘴,叫对方无知呢!

"哎!他身体上的问题许多人都有,这儿和那儿有阴影。这回,我给他开无限期病假,随后,矿上会给他办提前退休……"

天亮前,我们一直陪着华金和他全家。埃塞基耶尔过来换我,我回家,坐在熟睡的女儿床边,脑海中浮现出当晚各种零散的画面。

多明戈激动地断言:"要行动起来!社会党人不能无动于衷!"堂赫尔曼对其持保留态度。

伊内斯的话刺痛了埃洛伊萨:"女性投票。问题就出在女性投票上,神父让投什么,女人就投什么。"

埃塞基耶尔不说话,不参与讨论。

我想活跃气氛,盛赞晚餐美味,主人热情。又是我,总是我,去找平衡,找和谐,绝望地认为自己既要对埃塞基耶尔负责,又要对多明戈和伊内斯负责。

回家路上,我敦促埃塞基耶尔表明立场:"我不同意用那种方式去驳堂赫尔曼,但我的确认为第二共和国正在摧毁社会主义。"走到家门口,马塞丽娜正在等我们,华金病重……

清晨第一场弥撒的钟声响了,埃塞基耶尔推开家门,吓了我一跳。我睡着了,背痛。

过了圣诞节,冬天越来越冷。下完雪,开始结冰,街上难走得很,容易滑倒。我们躲在厨房,听收音机,工作,陪孩子玩,接待客人。一天下午,多明戈情绪激动地出现在我们面前。"我要去莱昂。"他说,"我们要组织教师阵线,他们急着找我。你看这个。"他把手头的杂志先递给埃塞基耶尔,再递给我:

"说叫'唯一阵线',有公开集会。不过这还不够,教师们应该团结起来,通过政治生活的正当渠道,彰显力量,向议员和党派施压。各党派如今越来越重视舆论。"

"你赶紧做决定。"多明戈说,"第二共和国刚开始出台教育政策的那股劲过去了,咱们要斗争,把这股劲再拧回来,逼能干的人放手去干。"

埃塞基耶尔默默地想了想,最后说:

"随时告诉我进展。我暂时还没看清楚局势,基本什么都怀疑。"

他言语中流露出的悲观主义情绪促使我找他严肃地谈了谈。最近,他变得躲闪,生活在自己的世界里。而照顾女儿,工作,马塞丽娜常来串门,华金正在慢慢康复,这些事忙得我焦头烂额,甚至家里多了台收音机也不能让我们像过去那样经常说说话,也许,是我们自己刻意不去谈没有把握的话题。从十一月大选起,埃塞基耶尔就变了。他依然在学校里兴致勃勃地教书,却丧失了规划未来的能力。怀孕时,我们一起规划,规划我们的未来,规划新生儿的未来。那些规划的诞生,归功于第二共和国在教师群体中点燃的希望。然而,事到如今,我们看到的是所有承诺,无一例外,全都落了空。

"你怎么看'唯一阵线'?"吃完晚饭,我收拾完桌子,没有任何过渡,冷不丁地问他。

埃塞基耶尔好半天才回答,回答得闪烁其词:

"我没弄明白他们找那么多中立或右翼分子成立这个阵线,作用是什么?是要去呼吁政府兑现承诺?可我不知道'唯一阵线'能否好好做事,商谈和集会能否解决问题。"

他不想再说。我拼命地想从他嘴里撬出点东西,可一个字也没撬到。

接下来的日子过得模模糊糊,到了冬春交替的时节。三月,雨水特别多。胡安娜小床的上方偏偏漏雨,冰雪把屋顶冻坏了,等雨停才能爬上去修,只好暂时把小床挪到我们房间,三个人睡。两张床将整间屋子,从门到墙,占得满满当当,恨不得没地方下脚,进屋只能直接上床。

我的漠然是种自我保护,免得被糟糕的天气和埃塞基耶尔忧伤的态度影响。有时,我会怀念在卡斯特里略的日子:女儿出生,第二共和国成立,教育宣传队,雷吉纳和阿马德奥。尽管这些只发生在几个月前,如今想起,却宛如隔世。想起这些,我惊讶地发现自己在说:"当我们幸福的时候。"

感受到春天的第一缕气息,我们又去林间散步。那里有湿润的泥土、新鲜的绿草和树下冒出的一串串蘑菇。刚刚生发的蕨类植物在背阴处铺开一床柔软的地毯,在树木的遮蔽下,波浪状的叶子贴着地面匍匐前进。农民们将蕨类植物用于日常生活中,用它包裹家产奶酪,或铺在鱼篓里保护鳟鱼。我们在泉水边摘水田芥叶,回去拌沙拉,酸酸的,吃完齿颊留香。有时候,我们会在天鹅绒般的深色叶子里找到探出小脑袋的野草莓。米拉经常陪我们去,她对林子的每个角落了如指掌。"瞧,"她对胡安娜说,"一天,我在这棵树上发现一只鸟巢,里面有五个蛋。鸟巢都快掉下来了,鸟妈妈因为什么原因,飞走了。"又或者:"在这株蘑菇下面,住着一个小矮人。冬天,他会去暖和点的林子。不过,早晚有一天,他会回来。"

屋后的草坪,春天也会绽放。雏菊、报春花、小蓝花纷纷竖起丝一般的花瓣,胡安娜会去追逐白蝴蝶和橙色、蓝色、棕色、黄色翅膀的蝴蝶。

春天让所有人心花怒放。我们在每一缕阳光、每一阵暖风、每一丛茂密的树冠——叽叽喳喳的鸟儿在此筑巢——上感受到冬天正在节节败退。

圣周前不久,一天,离开学校前,我看了一会儿晚走的学生做游戏。白天越来越长,孩子们趁着日光,继续户外活动。他们开心地蹦来蹦去,年轻的身体里有使不完的劲。他们也会突然安静下来,倦了,或胡思乱想一番。

我正要上楼,看见一个女人穿过庭院,正在往里走。我

停住脚,女人也许怕来不及拦住我,边走边说:

"老师,我是奥蕾莉亚的妈妈。"我从她苍老憔悴的面容上依稀辨出一个女生的五官。

"她病了,"她接着说,"得了伤寒,得过些日子才能回来上课。"

她被自己的话吓住了,站在那儿,似乎想看我对她的慌乱是何反应。

我很难过,说了几句宽慰话。可她没有离开,终于又开口,说得飞快,想赶紧把要说的话说完:

"医生让我给她洗澡,她烧得厉害,要给她洗澡,让她退烧……我在想您能不能把澡盆借给我。听说你们用澡盆给女儿洗澡……"

锌皮澡盆就在厨房,上面铺了块木板,不洗澡时,当凳子坐。

女人拿走澡盆,奥蕾莉亚一个月后重返课堂,个子长高不少,剃了光头,人瘦了,带着重重的黑眼圈。她走到我桌边,对我说:"澡盆不用了,这两天会还回来。"

"别!千万别!"我惊恐地叫。

我挤出笑容,又对她说:

"别担心,告诉妈妈,别人带给我一只新澡盆,旧的那只不要了。"

我既羞愧,又难过,脸一直红到耳朵根。

从种着栗子树的广场一直往上,就是矿区,公路沿矿工新村外围蜿蜒向前。矿工新村窝在矮墙后面,矮墙到房屋间,留了空地。房子原本都是白的,时间一长,煤烟将白墙染成了大花脸。

矿工新村前面,是工程师驻地。全是别墅,花园围上了坚固的栅栏,栅栏上方是尖的,涂成金黄。工程师住的房子也会被煤烟腐蚀,明亮的花坛、鲜红的砖墙、碧绿的爬山虎——瘦弱的身躯拼命往墙上爬——都被蒙上浅灰色。

煤矿掏空了村子那头的好几座山。

斗车装煤,用煤矿公司铺设的铁轨,运到国家铁路网。铁轨往河边去,沿着河岸弯弯曲曲,一直往前。

在矿工新村和别墅区中间,是矿区学校。

"堂娜伊内斯的学校是这个,窗户开着。"米拉介绍。离开前,她热情地邀请我:

"您要是时间富余,去我家里转转。"

我们在放圣周假,伊内斯打算跟学生组织一场五一文化活动,请我去帮忙。

"文化!搞的是文化活动。"她说,"这么一来,谁也不能说我在学校搞政治活动。"

我自告奋勇地借书给她,可她说:"我想让你过来瞧瞧,看看咱们能为这些女孩子们做点什么。"

于是,我让埃塞基耶尔照顾胡安娜,跟米拉去了矿工新村。一路上,米拉都在跟我说伊内斯:

"堂娜伊内斯刚来那会儿,教过我。那时候我还小,我爹不喜欢她。"

"为什么?"我问。

"听说她跟堂多明戈结婚前就住在一起,是个坏榜样,不好……我妈说这事没证据,可大家伙儿还是一个劲地说啊说。"

我敲门,伊内斯开门。学校跟平时上课一样,坐满了学生。讲台上铺着一面第二共和国国旗,用花盆压着,旁边站着一个小姑娘,正在大声朗诵。伊内斯指了个位子,让我坐下。小姑娘顿了顿,继续慷慨激昂地往下说:

"……因此,亲爱的同学们,值此劳动节之际,我恳请你们团结起来,组成统一战线,反对压迫我们父母的人,反对那些不让矿工孩子……"

她说完,所有女生鼓掌。伊内斯举起手,请大家安静。

"我来介绍一下,"她说,"这位是山下学校的老师……她来帮我们排节目。"

我挑了几首诗,念给她们听,说可以排一场幕间笑剧、一场短剧或一场诗文歌谣,她们很感兴趣,发表了一些很机智的评论。我觉得她们比我的学生脑子灵。

"不少孩子在其他村待过。"伊内斯告诉我,"矿工流动性大,特别是比农民更有叛逆精神。"

回到家,我对埃塞基耶尔说:

"我不知道文化活动效果如何,但伊内斯想搞成政治活动。"我把活动小主持人的那番话说给他听,他没有反驳。"我觉得让孩子过早地接触政治,不好。"我接着说,"应该教育孩子成为自由的人,等长大了,懂得自由选择。"

埃塞基耶尔开口前,冷静地寻找字眼,想找出最恰当的表达方式,陈述个人观点。

"你说得没错。"他回答,"我相信教育,特别相信教育。但我能理解,有些人着急,怕没有足够的时间去教育……"

当晚,埃塞基耶尔去广场,我开收音机听新闻,听到马德里教师抗议领不到住房补贴或微薄的成人班课时费。广播里说,警察和保安强行驱散了聚集在公共教育部庭院的示威者,逮捕了一些人,砸坏了一些玻璃。主持人最后总结道:"教师们非常气愤。"

天气晴暖,堂赫尔曼的身体却一落千丈,步伐不再有力,有时散步途中需要停下来做深呼吸,养养精神再走。五一那天,他去了人民之家①,坐在荣誉席,听人发言控诉政府,听在场的人齐声歌唱。

他目睹了矿工们的激情万丈,剑拔弩张,有些人跟矿工一样,心里头窝火,也要抗议。

我看着他,发现他全程都把下巴埋在胸口,垂着脑袋,

---

① 人民之家(Casa del Pueblo),西班牙社会工人党名下的工人联盟驻地,用来召开集会,给工人扫盲。西班牙内战前,全国约有九百处人民之家。

似乎在思考听到的内容。只有在文化活动环节,听到孩子们朗诵时的舞台腔,他才露出笑容。

集会结束,人们往广场走,聚在那儿,等一个手势、一个动作,好投入到新的行动中去。他们不知疲倦,之前去户外郊游、野餐,后来又唱着歌、大呼小叫地赶回人民之家庆祝。没人找碴,大家渐渐散了。堂赫尔曼跟等在外面的女儿会合,女儿扶着他。

两人缓缓前行,消失在人群中。

"他不大好,"我们回家,我对埃塞基耶尔说,"像是病了。"

"谁啊?"他问。

"堂赫尔曼,你没注意到?"

他摇摇头。

他似乎心不在焉,只注意到大家喊口号。大家一个劲地吼,不厌其烦地吼。

"可我没看见仇恨。他们不是因为仇恨,去喊口号;是因为过节高兴,去喊口号。"他说,"甚至在气愤的口号声中,也没有恨。"

仇恨是后来出现的,那天是圣体节。宗教游行队伍穿过广场,步入教堂,跟随者寥寥。神父和襄礼员之后,是身着盛装、要去第一次领圣餐的男女儿童,接着是女人们,举着点燃的蜡烛。

女人们排成两列,埃洛伊萨站在列首。她们边走边唱:

我们歌唱爱之爱
我们歌唱主……

窗口有人探出头来,街上聚了三五成群的人,默默地注视着队伍经过。

突然,不知从哪儿飞出一块石头,击中了埃洛伊萨的手。马塞丽娜看得真切,仔仔细细地向我描述:

"石头直冲着蜡烛飞去,可是打到了手,蜡烛掉在地上。一个女人尖叫,埃洛伊萨用另一只手捂着被砸痛的那只手。这时,另一块石头飞来。这回能看清它的来路,是住户区后头的一条小巷,那儿有好多酒馆和不要脸的家伙。接着,一块又一块,石头如雨点般飞来,大家拔腿就跑。有些砸倒了蜡烛,有些狠狠地砸中了人。孩子们被孤零零地扔在广场中央,哇哇大哭,没多少,也就五六个。可怜的孩子,穿着雪白的衣裳,戴着金色十字架,头发卷着……神父?神父跑进了教堂,赶紧把圣杯收好。不为什么!我说,把政治和宗教搅和在一起,糟透了……矿上的事大家都懂:矿工好斗,工作危险。您还记得那首歌吗?说矿工老婆可以直接叫寡妇。确实是,我每天都看在眼里,您也看在眼里。山下村子,有许多农民出身的矿工,我家华金就是,他们不指着煤矿过日子。可那些住在上头村子的人,绝大部分时间都被困在矿井下,毒害人的思想互相传播,您懂的……"

马塞丽娜讲得眉飞色舞,我却在琢磨埃洛伊萨被砸,会有什么后果?一旦动手,接下来会怎样?

"不可能大打出手,不会闹出乱子的。"我说。

马塞丽娜把手抱在胸前,还在絮絮叨叨地说。我俩站在空荡荡的学校门前,她没想好去不去我家。

"不会闹出乱子的。"我想重复一遍。

她顿了顿,听到我的话,回答道:

"没错。扔石头解决不了问题,更何况,今年人最少。不知您注意到了没有?往年,家家户户门口都有黄花,像铺着一层黄色的地毯,恭候上帝经过,今年连花儿都没有。我和马特奥去山里摘过金雀花,摆在街上,可好看了。华金不信神父那套,我告诉他这事,他却说,这不可能是家里教的。要是妈妈教你画十字,你会忘?你会去扔石头?……"

天快黑了,埃塞基耶尔气喘吁吁地回到家,因为天热,也因为事态白热化。

"不是熟人干的,谁也不承认。几个大老粗动的手,不是奉命行事,谁也没下过这种混账命令。"他坐下,歇了口气,然后直盯盯地看着我的眼睛。"有个坏消息,"他说,"堂赫尔曼病危,心脏问题,受了惊,我觉得也有其他原因。他还没有那么老,可是他心里的第二共和国早早地要了他的命……"

那年的春天和夏天,几乎每一天都印在我的记忆里。失眠的夜晚,我问自己:什么时候开始的?我什么时候发现埃塞基耶尔放弃了他的独立自主、倾心教学,投入到更广泛的斗争中去的?

没有具体日子,他的变化不与特别的事有关,过程缓慢,与我们经历的历史事件平行发生,平行发展。

第二共和国无法兑现头一年做出的重大承诺让他灰心丧气,然而,搬来山谷村,接触到搞政治的人以及政治环境,才促使他最终投身政治。童年的屈辱、伤害、拮据重上心头,加深了他的痛苦;目睹矿工们遭受的不公、失意、欺侮,重新唤醒了他的意识。他原本希望通过教育,改变像他那样被剥夺一切权利的人的命运。可是希望很久才能实现,他等不及。我感觉到他的愤怒与日俱增。五月,教师"唯一阵线"的完败彻底葬送了从职业领域进行的所有尝试。"瞧瞧,瞧瞧,"一天,他对我说,"这是'唯一阵线'的墓志铭。"

"担心身陷政治立场,"文章写道,"于是中止一切活动,这种担心简直可笑。他们不信任我们,给我们的工作设置障碍……街道宣传,原本是最有意思的部分,却一点点地无人过问。总之一句话,'唯一阵线'变成了官僚机构。"

文章刊登在《教育工作者》杂志上。一个月前,埃塞基耶尔加入教师联合会。学期结束前,他对我说:"我完全认同社会党人对第二共和国的立场,我要加入社会党。"

我尊重并理解埃塞基耶尔的态度,可是行动上无法苟同。梦想虽然被批得体无完肤,但仍旧不变:通过教育,和平共处;通过教育,获得公正;教育平等,不让任何人失去受教育的机会……

"浪漫主义,伟大的浪漫主义。"埃塞基耶尔对我说。

之后,他背诵了领导的一句话:

"我们投身革命,政权落入到共和派手中。如今共和派政府掌权,我们的心血付之东流。"

六月的白天十分漫长,夏日匆忙驻足在闷热的午后。学校里的课怎么也上不完。下午五点,我们带女儿下河游泳,一大堆男女学生陪着一起去。我们捡树叶做植物标本,用灯芯草茎编篮子,摘花,装满了好几篮。河水漫出河床,急流拍打着河岸;不过也有缓流,悄悄地漫进河边树林,形成一片片小小的河滩,沉积着破碎的鹅卵石。河水清冽,孩子们当它是游泳池,肆意戏水,欢乐或惊恐地叫喊。他们在石头底下摸螃蟹,螃蟹总会傻乎乎地躲在那儿,什么也看不见。太阳偏西,映红了被掏空的矿山时,我们才迟迟返回家去。

胡安娜很幸福。学生们牵着她的手,带她跳水洼,捉迷藏。我们唱着歌,沿着公路上山;她也唱着歌,胡乱更改歌词和曲调。有些下午,我们选择去林子,摘花瓣弯曲柔嫩的红色芍药,插进罐头盒、瓶子或陶罐,装扮教室。学生们把小河与林子里的树画下来,我们把画排成长条,挂在教室墙上。

夏天的酷热也会制造小小的麻烦。臭虫会出现,要把草褥子搬到楼下草坪,浇开水在木头床架上。滚烫的开水沿着高高的床绷流下去,无防御能力的臭虫纷纷落地,看得我们十分解气。

六月的星期天,我们仨会去郊游。

河对岸有许多草坪和一台磨面粉的水磨,水坝里有鸭子,母鸡在河边找食吃。我们把下午茶铺在桌布上,吃完往草坪上一躺,欣赏明亮的天空。煤矿很遥远,村子很遥远,手边的各种麻烦也很遥远,只有我们和在草坪上撒欢的女儿真实存在。日子还没过完,就让人提前怀念。"时间会悄悄溜走。"我老对自己说。面对未来的不确定,眼下的快乐只是旦夕祸福中的福。

从七月一日起,埃塞基耶尔就开始鼓动我们离开。

"你父母在等你们。"他说,"他们都好几个月没见到孩子了,你们应该回去。我很快就来,把这摊子事理理顺,我就走……"

他指了指周围,两所期末乱七八糟的学校,家里要刷墙,墙上有漏雨留下的雨渍。

他没指广场往上的那个世界,但我知道他也要在矿工会议上把那边的事理理顺。他需要既胆怯又胆大地关门参加半地下活动,参与喧嚣激烈的争论。

他对其他挺满意的。过去,他很被动,陷入长时间的痛苦中;如今,他很开心,开心得有点神经质。对女儿、对我,他都表现得很快活,似乎即将远行,带着满满的承诺。

他很不耐烦,吓得我赶紧准备行李,差点没时间去跟堂赫尔曼告别。我去的时候,他坐在扶手椅上。生病后,他始终窝在扶手椅上。短短几天,人老了好几岁,抓着我的手,握了好久。

"亲爱的朋友,"他说,"苦日子在等着您。欧洲正坐在火药桶上,我们手里攥着一根火柴,就要……"

我觉得他过于悲观,想给他打气:

"所有问题都会迎刃而解。您瞧,政府这辆马车的缰绳很快会回到咱们手中,这次,没人能把它抢走。"

我想跟他一样用比喻,可对想表达的内容其实没多大把握。

埃洛伊萨默默地在父亲身边忙碌,我觉得她更憔悴、更柔弱了,因为缺觉,眼袋泛蓝,眉间的皱纹将额头分为备受摧残的两个半球。

"暑假快乐!"我告辞时,他们对我说。

他俩在昏暗的客厅里,全然退去了过去骄傲的光环。

我没有见到多明戈,他又去了莱昂;也没有见到伊内斯,她和一群女人在一起,呼吁释放一名年轻人。

"逮捕那个年轻人是不对的。"马塞丽娜告诉我,最后我去跟她告别,"他只骂了领导一句,没动手,没有造成任何人身伤害。不过那群女人,我说,恐怕在家里也没什么事做,成天抗议这个,抗议那个,孩子鼻涕拖得老长,家里的炉膛都没生火,可怜的丈夫,出了矿,只能去酒馆,您说……"

他俩坐在葡萄架下的阴凉地,叶子随着八月的微风轻轻飘扬,脸上的阴影也随之晃动,一会儿遮住眼睛,一会儿遮住嘴巴。

他俩在聊政治。我在午睡打盹,偶尔飘来只言片语。

"法西斯主义倒真是威胁。"父亲说。

"我们从英国进口煤,自产煤价格下跌;休息、度假、退休等合法权益均无法兑现……"埃塞基耶尔说。

"……至少不要走到暴力那一步。"(父亲)

"暴力是最后一步。不过有时候,暴力是必需的。"(埃塞基耶尔)

"共和国……政府……社会党人……"

我躺在吊床上,已经不知道他们在聊什么。睡梦将我团团包围,厨房里传来母亲的笑声和胡安娜的牙牙学语声。

醒来时,日头已经偏西。整栋房子的阴影压下来,葡萄架晃动的光影早已不见。父亲和埃塞基耶尔挨着坐,都不说话,各想各的心事,见我醒了,齐声建议:"出去散个步?"

我们沿着公路往北,往阿斯图里亚斯方向。面前的山峦在午后透明的天空下形成漂亮的剪影。

"矿上的事，"埃塞基耶尔说，"关键在阿斯图里亚斯。他们的做法会对我们很有帮助。"

埃塞基耶尔已经和我们住了一个礼拜，来时的担心依然无法释怀。

父亲也很担心。报纸上的新闻和评论，他读得一字不落。埃塞基耶尔来了，两人再透彻分析。

母亲对此压根就不关心，正中我下怀，让我平静安宁。我们坐在树荫下的矮椅上做针线，我跟她聊学生、聊朋友。胡安娜在一旁玩个不停，说个不停，让我们每时每刻都很开心。回想起那个夏天，我们仨在一起，母亲、女儿和我，那么和谐恬静，故意不去理睬男人们时时刻刻的未雨绸缪，危言耸听。

回到山谷村，糟糕的消息在等着我们。督导发来公函，要求即刻中止男女同校的尝试，而这种做法，恰恰是他批准的。作为道歉，全文附上夏天刊载在《官方公报》上的一篇文章。文章先对某些督导擅自允许男女同校的做法表示遗憾，继而批评该做法引起家长、地方政府和教师本身的不满。因此，"禁止教师和督导在小学实行男女同校"。

这决定让我们失望痛苦。学期初，有些家长十分惊愕，有些则幸灾乐祸，暗暗叫好。

埃塞基耶尔焦躁不安，有时会冲我发火：

"你瞧瞧,合理的方法落得个怎样的下场?不让搞男女同校,说我们不道德,毒害人民群众。"

他说得没错,但我尽量保持镇定。

伊内斯决心将政治活动进行到底,她已经被煤矿公司的领导盯上,领导责成她全心教学,禁止将学校作为半公开的政治宣传基地。

埃塞基耶尔也会跟我就此发生争执。

"伊内斯从事的活动,责任十分重大,有时不得不提前下课,这也有罪?"

"没有罪,"我反驳道,"但我不认同她为此伤害学生的利益,无论活动有多么不同寻常……"

我觉得我对伊内斯行为的不认可,掺杂了负疚感在里头,还有点缓兵之计的味道。我的确不常出门,远离煤矿和矿工问题,认为教师的职责和母亲的职责高于一切。但是,埃塞基耶尔也的确崇拜像伊内斯那样的斗士,他有很多事瞒着我,我想去调查,不让他三缄其口。

一天,他突然愁肠满结地对我说:

"不知道你请一个月事假,带孩子回父母家合不合适?"

我又惊又怕,说不出话来:

"可是不到一个月前,刚放完暑假。你在说什么呢?要发生什么事?你在想什么呢?"

他赶紧收缩阵线,轻描淡写地回答:

"没发生什么事,不会发生什么事。我在想,总罢工会惹出些乱子……"

他的解释我不信,但我也想掩饰我的不安:

"这么说,更没理由逃跑。我会跟大家一起,承担罢工带来的后果。我觉得罢工是正当行为。"

当天下午,我们去拜访堂赫尔曼,上次去看他,还是暑假前。

他坐在扶手椅上,气色比上次好。

"我可以出门散步了,不走太长。"他告诉我们,又说,"有个消息要告诉你们,上头逼我辞职,因为身体原因。也许他们说得对。不管怎样,你们知道的,我百分百支持你们。"他看着埃塞基耶尔说:"精神上全力支持,体力上有些不济。"

我们又聊了一会儿,告辞时,我跟埃洛伊萨说她父亲身体好转,气色不错,听见堂赫尔曼正在对埃塞基耶尔说:

"……尽管您知道我的观点。我不同意闹革命,工人阶级不成熟的国家才会闹革命……"

我们默默地往家走。堂赫尔曼的话让我触动很深,他提到了革命。

"革命"是个让我敬畏的字眼。它意味着深刻的变革、彻底的动荡、完全的颠覆,可也意味着流血,它属于其他国家:法国大革命,俄国十月革命。这个词如今要用到我们国家头上了?

几天后,我有了答案。

我睁开眼,到处漆黑一片。第一次爆炸声音不大,后来轰的一声,又响一次,简直震耳欲聋,感觉屋里的墙都在颤抖。我想开灯,可是没有电。我叫:"埃塞基耶尔!"可是他不在。我想起来了,他还没回来,他每天都很晚回来。我摸黑跑到女儿床边,女儿睡着了,听我叫她:"胡安娜!胡安娜!"她醒了。

我把她拉进怀里,用床单裹上。

煤矿,我想,矿上出事了,可警报没响。要是矿上出事,警报会响。而且,巨响不是来自上面,而是来自下面公路。我走到关着门的阳台边,马塞丽娜家也没亮灯,全村黑乎乎的,没有声响。只有我听见了爆炸声?是场噩梦?我知道不是。第二声爆炸响起时,我已经完全醒了。没么响的第一声爆炸,惊得我从床上跳了起来;很响的第二声爆炸,似乎就炸在耳边。我浑身哆嗦,摸黑去找为应付临时停电准备的烛台。"别担心,"马塞丽娜总说,"上面村子时时刻刻都要用电……"我坐在床边,不敢放下女儿,她在我怀里又睡着了。

煤矿。爆炸一定跟煤矿有关,尽管爆炸声不是来自上面,尽管警报没响。全村人都知道,所有人都知道,所以,谁也没出现在家门口,全都像我这样,躲在家里,床脚点着蜡烛,等待着新动静、新消息、新迹象、新征兆,好知道正在发生什么。埃塞基耶尔在矿上,和多明戈还有其他人在一起?要不在人民之家?在酒馆?在哪儿?

又过了几分钟。开始我心慌,现在却镇定下来,尽管没把握。

埃塞基耶尔会回来的。他正在匆匆忙忙往家赶,回来安慰我们,解释发生了什么事。是场事故,严重事故。因煤矿而起,但没有发生在煤矿。我的脑海里翻腾着词语,彼此混合,彼此搅乱,彼此替换。

煤矿,矿工,埃塞基耶尔。我依然坐着,不敢躺下,相信上了床,也会有巨响再次惊得我从床上跳起。

我试着回想下午发生了什么?昨天发生了什么?没有发生特别的事,没有发生任何让我担心或觉得奇怪的事。意外就这么突然出现。事先提醒,还叫什么意外?提前一天告知意外,太荒唐了吧?满载炸药的卡车撞上什么,爆炸了。听说因为大意,会发生这种事。卡车装着炸药,开往矿区。发现这种可能性让我心安,不过只持续了区区数秒,新问题又从脑子里冒出来,挑战我站不住脚的推理。如果是卡车爆炸,公路上应该满眼救援人员,有人吓坏了,到处打听发生了什么、怎么发生的才是。

我把脸贴在玻璃窗上,想看清黑夜中的情形,只有静静的一团黑。晚上任何时候,都会有人上山或下山,早起或晚归。现在,街上空无一人。

我没有表,家里唯一那块表被埃塞基耶尔带走了,是他父亲留下的怀表。埃塞基耶尔和他的怀表应该醒着,就在上面村里。恐惧限制了我的想象力,如今,真相越来越清晰了。发生了非常严重的事,埃塞基耶尔回不来了,谁也动不了……比如说,爆发了一场战争,或开始了一场革命。我被自己的发现吓坏了,又冷又怕,抱着女儿,动弹不得,直到第一缕曙光照进阳台。那时候,我才发现震碎了一块玻璃,同时楼梯上响起了脚步声,疲惫,缓慢,有人拖着脚往前走。埃塞基耶尔进门,他没有受到惊吓,眼睛奇亮,表情古怪,我见都没见过。他对我说:

"别怕,你放心,一切都掌握在我们的人手里。他们把桥炸了,把国民警卫队滞留在军营。我只睡了一个小时,要再上去。回来一趟,是想让你放心……"

他往床上一倒,睡着了,呼吸声很轻,让我想起在山间郊游、河边钓鱼或用其他方式玩一天后,他睡觉的样子。

我把女儿放在他床上,去厨房做早餐,喝了杯黑咖啡,忘了加糖,味道苦得让我发抖,无尽的疲惫向我袭来。我坐在椅子上,头往两只胳膊上一枕,睡着了。

阳光普照时,马塞丽娜马上来到我们家。

"吓死我了,孩子!我早就想过来,华金不让。他说:'别上街,没准会挨冷枪。'您瞧,罢工不只是罢工,要出大事了。我听到风声,不过您丈夫参与得多,我不想,也不能给您添堵……"

埃塞基耶尔已经走了,临走前嘱咐我:

"你放心,能回来的时候,我会回来的……"

学校停课,商店关门,家门口陆续有人冒个头,站着,不知往何处去。

"交给我!"第二天,马塞丽娜说,"我去找吃的。矿工们都有武器,还没打起来。听说阿斯图里亚斯那边打起来了,释放了夏天在特鲁比亚抓的犯人。有些地方在杀神父,有个不被信任的富人也被杀了……不管怎样,我很开心华金不在矿上。他这场病生得真是时候啊,退休的时间刚刚好……"

埃塞基耶尔没有武器。他只回来了一小会儿,再三叮嘱:"你别动!别离开女儿!"

我淡淡地表示,想去帮忙:

"必要的话,我可以帮忙。"

显然,他更希望我留在家里照顾胡安娜,保护胡安娜。

"有人洗劫了安塞尔莫的商店和酒吧,"他告诉我,"抢走了所有物品,人不知所踪。我们没办法控制所有人,不过已经成立了委员会,避免大肆抢劫。"

第三天,米拉来了,带来了最新消息:

"从阿斯图里亚斯运来的武器没送到,他们没能进军莱昂……堂娜伊内斯将学校改成了临时医院,由她负责。

她教女人们给伤员疗伤……有人受伤。矿工经过时,有人打冷枪,不知道谁打的……打死了一名矿工。矿工们也杀人。找到安塞尔莫了,尸体被埋在矿车里。天知道神父躲哪儿去了。矿工们占领了村政府,呼吁堂赫尔曼回来当村长,他不想,要么女儿不让……我妈说军队会杀了所有人,他们打不过军队。"

广播里时时刻刻都在播报新闻,焦点集中在阿斯图里亚斯煤矿,各种资料和数据,军队的具体位置,所有信息都自相矛盾。新闻让我坐立不安,听了,只能确认事态已经非常严重。我需要另一类消息,埃塞基耶尔亲口告诉我或其他人告诉我有关埃塞基耶尔的消息。他已经一整天没回家了,托马塞丽娜捎来口信。马塞丽娜不知疲倦地跑上跑下,为她家和我家跑点日用必需品。捎来的口信是:"你放心,要镇定。我走不开,有很多事要做。照顾女儿。"

他们征用了轿车和卡车,伊内斯站在一辆带红十字标志的卡车上,往河边去,去找一名伤员。她在我家门口停下,对我说:"咱们走!学校都关了,你又没事做,待在这儿干吗?去上头帮我们一把……"

我冲她摇摇头,连话都说不出。她冲我笑,鄙视地笑。我很想对她说:"你不知道有个孩子意味着什么。"不过,这么说不公平。伊内斯就算儿女成群,她还是会这么做。我觉得自己是懦夫,有负疚感和满满的无力感。无事可做让我慌张,同时,我又怕得要命,始终在等消息。马塞丽娜

来了:

"他们接管了所有店铺,征用了面包店,为所有人做面包。他们做得不错,先打白条,写下拿走多少,说等革命成功,哪天再还回去……"

广播里在说暴动。全西班牙都在关注北部,特别是阿斯图里亚斯,还有莱昂。消息很乱,总体印象是只有阿斯图里亚斯还在继续暴动,只有他们还在负隅抵抗。

然而,我更想从耳闻目睹日常动态的米拉、马塞丽娜等人那里听到消息。

"矿长和工程师都被捕了——不是所有工程师,有个别支持矿工,对他们很客气。这些人被捕了好,街上好多人想要他们的命。"

一天,马塞丽娜对我说:"您得下去瞧瞧,桥都被炸成什么样子了!连块石头都没剩下。想过河,只能坐船,要不走到下座桥,路太远。听说炸桥那天早上,漂起了好多死鱼。"

我没去看桥。可是第三天,我决定把胡安娜托付给马塞丽娜,去广场上看一眼。

广场上很平静,跟过节那天没区别。孩子们在树间玩耍,突然放假,开心还来不及,别的不用理会。教堂大门紧闭,上面写着 UHP(无产阶级兄弟联盟)。神父家静悄悄的,木百叶窗关着。

村政府门前守着两名武装矿工,他们在站岗或在保护建筑,保护村政府里一沓沓的文件夹和书架上整理好的文件。商店都关了,一群群矿工出现在广场周围的街上,有武装的,有没有武装的。他们看着我,啥也没说。

"爆破手,他们管我们叫爆破手。"站在进口品商店门前抽烟的年轻人对提着篮子排队的女人说。

我想问村政府门前站岗的矿工有关埃塞基耶尔的消息,忍了忍,还是没问。我走下广场台阶,来到公路,不紧不慢地走回位于农业区的家。家家户户传出日常生活熟悉的声响:孩子哭,母鸡叫,猪哼哼。我感觉出了趟远门,回去寻找温暖的家。

整整一个星期,埃塞基耶尔很少露面,很少说话,我也不问。广播里的新闻听得不全,动不动就停电,总是让人在关键时刻听不了新闻。不过,我宁可不知道那么多,坚信这段经历必然结局悲惨,只是想象不出该怎么个惨法。我思念父母,他们跟我们联系不上。只言片语从各处飘来:

"听说区长要来狠的……听说摩尔人从摩洛哥过来,要把咱们赶到摩洛哥去……听说他们杀了神父……听说他们没有杀神父。"

大家七嘴八舌,我内心麻木,什么都当耳边风,和埃塞基耶尔态度疏远。

一方面,我记恨他抛妻弃女,投身暴动;另一方面,我无法原谅从一开始,他就不让我参与暴动。

在不断变化的矛盾和情绪中,日子一天天过去。炸桥后十五天,无比熟悉的警报声又在夜空响起。一切都结束了,记得我当时是这么想的。哑了那么多天的警报重新响起,我从窗户探出头去,见众人奔走相告:"军队来了,已经来了……拉警报,是为了通知咱们……"

警报声是信号。有些人拿起毯子,往广场跑。他们是有双份工作的人,比如华金,既开矿,又种地,既种地,又开矿。他们去广场和其他人会合,逃上山或去支援煤矿。

我又一次抱起女儿,紧紧地抱在怀里,问自己:该怎么办?我也去矿上?埃塞基耶尔就在上面,他们在研究:抵抗还是投降?

天色大亮,卡车的马达声在公路上响起。卡车开进村,街上空空荡荡。所有人都吓得关上窗,躲在后面,密切关注动向。透过木窗上的一个洞,我看见军队经过。好多人,多得数也数不清。士兵们密密匝匝地站在卡车的敞篷车厢里,端着步枪,对准民宅。我能想象:动一动,枪就会响。可是,谁也不敢动。军车全部驶过之后,山上传来一声枪响,就一声,后来又听见一声,就像星期天山里有人打猎,招来了一梭子弹,不间断的嗒嗒嗒,之后再次沉寂。

"机枪,他们在用机枪扫射。"最后一辆军车驶过,马塞丽娜迅速过街,来到我家。

她用奇怪的表情看着我,既同情,又迷惑。我告诉自己,她在想埃塞基耶尔,在想矿上的他会遭遇些什么。同时,我感觉这些都很遥远,与我无关。躲避不了的祸事终于降临,我发现,为这一刻,我已经做了充分的准备。

"嗯,知道。"我低声说。

马塞丽娜看着我,不知该如何安慰或给我希望。

"我去泡壶咖啡。"她说。做点简单的家务事,才能抵消事态的严重性。

埃塞基耶尔天黑到家,从后门进,应该是翻过草坪边的矮墙进来的,吓了我一大跳。

我贴着阳台窗户,等他下山,或等带信的人下山。他突然出现在门口,没有敲门,没有通知,像个逃犯。

"说好在村政府会合,他们直接去了矿上,开了几枪,尽管已经决定不抵抗,以免酿成大祸。消息传来,很明显,我们输了。"

他似乎累得要命,可是没坐下,摸了摸熟睡的女儿,亲了亲我的面颊。他闻上去一股烟味,衣服馊了,欠觉。

"你别到处走动,不管发生什么,就待在这儿。谁也不会找你麻烦,因为你没找过任何人麻烦。"

他偷偷摸摸地上楼,又偷偷摸摸地下楼,消失在夜幕中,惶恐中,危险中。

"不会血染成河的。"我穿过公路,去马塞丽娜家,告诉她埃塞基耶尔回来过,她对我说。

可是很快,我们就得知有伤亡,已经血染成河。消息是第二天传来的:"就在那儿,炸了的桥旁边,人被刺刀顶着,蹚水过河,是的,先生。他们说:你们不是把桥炸了吗?现在只好蹚过河去……"

埃塞基耶尔和多明戈就在其中。马特奥清早听见卡车声,从床上跳起来,跟在军车后面跑,躲在灌木丛里看见了蹚水那一幕。

"他们被两个两个拴在一起,摔倒了,站起来接着走。那儿没什么挡的,士兵在后面赶,不走,就用刺刀戳……"

我想的是:矿工们的血顺流而下,滞留在螃蟹聚居的河湾,染红了夏日的灯芯草。但我心绪平静,头脑清晰。我始终惊讶于人总会日常小事难忍,突发大事能扛。

埃塞基耶尔被捕、失踪等一系列事件,唤醒了我内心中毋庸置疑的力量。

村子被军队占领二十四小时后,一切风平浪静,服务业在缓慢复苏中。学校复课,不知从哪里冒出来的代课教师承担了埃塞基耶尔的工作。他是个年轻人,光头、黑衣,像神学院的学生,课间过来打招呼,人很拘束,总往地上看。我看着他的眼睛,对他说:

"教男生,需要帮忙,随时来找我。"

女生们吓坏了。第一天复课,谁也不说话,盼咐什么,反应迟钝。很快,她们恢复正常,言谈举止都自然起来,甚至有孩子问我：

"堂埃塞基耶尔会很快回学校吗？"

我让她们写作文，写最近发生这么多事，她们是怎么过来的。几乎所有人都浓墨重彩地写到了两件事：炸桥，军队占领村子。

说起军队，驻军后一个礼拜，一位军士来到家里，凶巴巴地让我交出男校教师宿舍的钥匙，人有点别扭。

"房子分给我了，给我全家住。"

我去门廊钩子上找钥匙。我们来这儿，谁也没用过那把钥匙，一直挂在那儿。我把钥匙交给他，他出示了一份文件，指令或公函什么的，我不想看。

"不用出示什么。房子又不是我的，是国家的。"我对他说。

不过，他提到了他全家，让我脑子里蹦出一个疑问：如此说来，他们想在村子里待到什么时候？

"您瞧好了，他们要待好些日子。"马塞丽娜告诉我，"军官和士官接到上级命令，都在找住处。住在学校的军士来自马德里，已婚，有个女儿。看来他们想长期驻军，至少替他们在这儿看着，看着煤矿，防止有人不听话……"

星期天上午，军士的夫人和女儿来了。她们下出租车，敲门。我说，我没钥匙。司机自告奋勇地去找军士。

夫人矮胖，活泼，看起来很年轻，短发卷成大波浪，穿着蓝色呢大衣,白色羊羔皮领,高跟鞋。女儿比胡安娜大一点,金发,用母菊花洗发液清洗,戴着大大的蝴蝶结,板板的,像歇在脑袋上的一只鸟,看什么都很惊讶。

"您是老师,对吗?"夫人问,"我在想,住在这儿,孩子能不能去您学校念书……亲爱的多洛雷斯,你愿意,是吧?她前不久刚过过生日,偏偏巧巧生在十月五日。"

"偏偏巧巧"四个字,她说得十分嫌弃。

那天是革命开始,总罢工开始,暴动开始的日子,随她心里怎么称呼。

不一会儿,军士来了,亲了亲母女俩。

"路上还好吗?进来,你瞧,我们已经尽力把小破屋收拾了一遍,还没来得及粉刷。家具都是些乐于助人的好人家主动借给我们的。你就别抱怨了,其他人运气更糟,住的地方更差。"

夫人向我告辞,军士嘟哝一声。此后,他一直这么跟我打招呼。

三人走了,我去屋后草坪,胡安娜在那儿跟米拉玩。自从他们抓走了埃塞基耶尔,米拉连节假日都来陪我。

"米拉,亲爱的,"我告诉她,"他们把军士一家安排在男校教师宿舍。他们抓走了我丈夫,还派来狱卒,守在我家门口……"

情况并非如此。军士夫人罗拉开朗健谈,从未对我们母女俩表现出任何敌意。

她常来敲门,问我借东西,邀我下午放学后去喝咖啡。我想办法溜,不是总能溜掉。

"还有,您最好别跟她作对,"堂赫尔曼建议我,"别当这是私人恩怨。您要忘记她是因为一桩特别糟糕的差事来到这里的,帮帮她。跟这些人为敌,不合适……"

于是,我尽量做个好邻居,让小多洛雷斯来上学,让她跟胡安娜一起玩。

我觉得她能理解我的态度,并心存感激。

"我跟您说,"一天,她对我说,"有些军官运气不好。不知道都是些什么住家,日子简直没法儿过,我觉得是有人成心刁难。"

她想了想,用自然、真诚的语气对我说:

"我知道您丈夫的遭遇,我很难过。您想想,我丈夫第一天冲进煤矿时,就有可能中枪。咱们女人啊,永远都在替人收拾烂摊子……"

起初,关于埃塞基耶尔的消息都是些素不相识的人捎来的。堂赫尔曼是消息中心,是我的指南针,我最坚实的依靠。每次去找他,他都那么镇定,那么耐心,那么精力充沛,坐在扶手椅上——难得才会离开,运筹帷幄,手里的人脉还没完全断。

国民警卫队敬重他,没有具体事由,不敢贸然去打扰。再说人家病了,显然没有掺和到最近这些事里。

堂赫尔曼的敌人也这么说,尽管他们心存疑虑:"他当时病了。要是没病,咱们可有的瞧!"

地下联络人的新身份让他枯木逢春。"简直换了个人,"埃洛伊萨对我说,"觉得自己有用,忘了心脏不好的隐患。"

前几封信也是通过堂赫尔曼的渠道送来的,可是我等不下去了。我想见埃塞基耶尔,亲眼看到他情况如何。我递交了书面申请,请几天假离开学校。申请石沉大海,没有回复。我实在等不下去了,星期六早早地给孩子们放学,去赶中午经过的长途车。我带着胡安娜,坐出租车下山,来到河边。被炸毁的桥附近,永远守着一名船夫。

浑浊的河水往下流。最近下了几场雨,水位涨了,船在水流中颠簸。

我看了看桥。原处架了木梁,铺了木板,缠了钢索,想尽快恢复出一条临时通道。

船夫似乎猜到了我的心思,告诉我:

"逼他们过河那天,水位没有这么高。而且,蹚过河的地方,水不深。"

到了莱昂,堂赫尔曼的朋友在等我们。他帮我们办好了探视手续,陪我们去监狱。在那里,我们隔着铁栏杆,见到了埃塞基耶尔。他的模样糟透了,特别是胡子拉碴,毛衣都认不出来,裤子还是走那天穿的那条。他看见我,露出奇怪的表情,指了指我的脑袋。我想起罗拉执意要帮我卷头发,夹钳很烫,扯得我难受。同时,她不停地在说马德里:"要是你能见到那些房子、那些公园、那些商店就好了!真不知道你怎么能在这个小村子生活下去……"

我随她弄,对她的热情无动于衷。现在可好,埃塞基耶尔惊讶地望着我,摇着头,在说"不"。

要是我们能靠近些,要是更容易听到对方,我敢保证,他会说:"这个发型不适合你。"

可是,他马上冲胡安娜抛飞吻,冲我们嚷嚷些亲切的话。其他人也在和他们的亲人高声对话,埃塞基耶尔的话传到我们的耳朵里,早已支离破碎。

"那个伊内斯是个机灵鬼。您瞧,她就没被抓住,跑了。她是毕尔巴鄂人,恐怕逃回去了……华金说矿上的人怕了,不斗了。他听同事说的,同事有的退休了,有的快退休了,来家里看他。您瞧,咱们的矿这么小,就抓了四百个。阿斯图里亚斯遍地都是矿,工人成千上万,不知道要抓多少!"

马塞丽娜聒噪得我耳朵嗡嗡响,她从新闻聊到猜测,又从流言聊到事实,我一点也不好奇。零散信息不值得关注,估量不出相关事件的重要性。我问自己:他们会把埃塞基耶尔关到什么时候?下一步该怎么办?我该怎么做?

心情沉重之际,圣诞节快到了,我决定回父母家,和女儿留在山谷村的念头简直让人难以忍受。因此,停课第二天,我们就慢慢踏上了返程路,去找寻家的温暖。出租车,长途车,火车,父母张开双臂欢迎我们。

等再回山谷村,军士一家已经搬走。我松了口气,打算面对刚刚开始、不确定的一年。

一九三五年是灰色的一年,深灰色,危机重重。

如果要总结那年对我意味着什么,我会简要概括为:悲伤而恐惧的一年。

悲伤时时笼罩在心头,只有在学校上课时,我才能暂时告别萎靡不振。

工作于我是良药,是鼓舞。有工作,我才能脚踏实地。

走进教室,烦恼瞬间抛在脑后,沮丧变活力,柔弱变刚强。

在这场波及所有人的地震中,只有孩子们的心里依然充满希望。我开始带女儿去上课,让她坐在第一排,跟年纪最小的女生坐在一起。她在教室,我很安心。上课的几个钟头与世隔绝,形成封闭的魔法世界,胡安娜、女生们和我身处其中。在那个世界里,美好的事物依然存在,我一次又一次地在学生专注的眼神里看到求知的光芒。

"植物从土壤中汲取营养。星球在旋转。海底世界几乎没有被探索。人类发现了火,在岩洞里画画,学会耕种土地。"

人类在多少个世纪里逐渐掌握的知识,高明的思维游戏,甜蜜的感官苦恼,全都流动在魔法世界中。随后,教室门开了,所有人又回到街上,被悲伤笼罩,被恐惧威胁。

恐惧有不同的表现形式:怕埃塞基耶尔下场不好,怕自己被告发,怕丢工作。一天,我在门底下发现一张剪报,上面是这么写的:

"学校是十月暴动的罪魁祸首。学校里不信上帝,不讲道德,成千上万名教师在孩子们的心中播撒暴动的种子。我们希望通过檄文呼吁:肃清教师队伍,停止戕害儿童,停止在成人班进行反动宣传。"

"逮捕了三万名矿工,不到一百名教师,成千上万名教师从何谈起?"堂赫尔曼非常气愤。

之后,他坚定地对我说了一番话。我正胡思乱想,越想越怕,他的话让我轻松不少:

"疯狗们乱叫,是因为我们正在备鞍出征。"他说,"我有充分的理由相信局势会变。左翼力量正在团结起来,各党派、协会都在联合。显然,他们不会再掉进一九三三年的那种陷阱中……"

过了好几个月,堂赫尔曼的预言才开始慢慢成真。一九三五年——对我来说,悲伤而恐惧的一年——年底,一桩桩事件飞速发生。一九三六年一月,议会解散,堂赫尔曼预言的人民阵线赢得了二月的大选,首要目标是大赦。

没打任何招呼,一天下午,埃塞基耶尔回到了家。他扑进我们的怀抱,把我们贴在他胸口,抱了好久。胡安娜不知所措,找机会赶紧挣脱。埃塞基耶尔筋疲力尽,鞋都是我帮他脱的。他往床上一躺,想说话来着,却瞬间沉沉睡去,连睡了好几个钟头,倒下去什么样,还是什么样。

噩梦的尽头还给我灿烂的梦想。在一条没有出口的隧道里走了太久,我想,我要重新开始……

一切都将和从前一样,人民阵线的纲领里,提到了教育。

"……要像第二共和国头几年那样,推动小学建设,建小卖部、存衣间、暑期营地等辅助机构……"

前两年被扼杀的各项计划——被取消的男女同校,被指责的督导行为,被减到不能再减的教育宣传队——以全新的热情获得重生。

工作伊始的梦想原本已被埋葬,如今强势回归。埃塞基耶尔回到自己的学校,我们的生活又驶入平静的轨道,可以替胡安娜憧憬未来。下一步,我们的未来也将发生改变。

"咱们不该留在这儿,应该申请调动,找机会调到更健康的地方去。我不喜欢煤烟,不喜欢和矿区学校竞争,不喜欢村子被一分两半。"

埃塞基耶尔没有回答。他回家后,话很少。

"蹲监狱蹲的,"我自己劝自己,"时间会淡忘一切。"

多明戈没有回山谷村。"去跟她会合了,去她在的地方。"马塞丽娜说。

一开始,我很高兴他们夫妇离开。不理智的冲动告诉我,我讨厌他们对埃塞基耶尔施加的影响。

我想淡化这种影响。

"咱们的革命阵地是学校,"我一遍遍地对他说,"你很清楚,无知的国民无法拯救。"

可是他不听。尽管多明戈不在,他还是去了矿上。

"他又去组织活动,又去惹祸上身了。"马塞丽娜愤愤不平,"我说加夫列拉,您怎么由着他?他应该去教书,而不是去矿上见什么矿工。唉!男人啊男人,梦做得好,醒来可就惨喽!"

埃塞基耶尔不愿放弃他的梦想。他生活在广场上,整天在人民之家处理各种事务。

他没有去做任何努力,帮自己尽快平反,一定是手续烦琐,耽误了。我甚至认为他瞒着我,申请了暂时离职。

"加夫列拉,他是领袖。"堂赫尔曼对我说,"人们追随他,崇拜他,跟他做过狱友的矿工和其他人都是如此。每个人选择所承担的责任都是命中注定的,您应该尊重埃塞基耶尔的选择。"

我尊重他的选择,尊重他政治上的每个决定,尊重他放弃家庭生活,每天放弃一点点,剩下的少得可怜,尊重他继续留在山谷村。"一旦能走,我会去找你们。"学期结束,我赶着回去照顾生病的父亲,埃塞基耶尔对我说。

那年夏天特别热,父亲病得奄奄一息。空气令人窒息,父亲胸闷气短。严重的肺病将他折磨得没有半点力气,靠着小山似的枕头,依然坐不住。我和母亲轮流守着,照顾他。

一天下午……屋里就我们俩。只听见胡安娜在果园里叽叽呱呱地说个不停,母亲心平气和地一一应答。窗户半开着,投进葡萄架晃动的树荫。我难过、疲惫得要命,闭了一会儿眼,睁开时,父亲看着我,无生气的脸上滑下两行清泪。那一刻,我知道他要死了,那天是七月十二日。十六日,我给埃塞基耶尔拍了封电报:"父亡,速归。"无回音。可是,我们刚料理完父亲的后事,就传来了加那利群岛军人叛乱的最初消息。消息很模糊:"政府保证……民众在抵抗……军队在前进。"

十五天后,叛乱蔓延到莱昂省,在城市取得了胜利。山谷村被苦苦攻下后,埃洛伊萨的信几经辗转、多人传递,终于送到我手中:"父亲和埃塞基耶尔遇难,清晨在矿区入口处连同多人一起被枪毙。愿上帝宽恕他们的罪行。"

长途车一路颠簸。每颠簸一下,我空荡荡的胃、空荡荡的心就会痛一下。出城时,我用手捂住胡安娜的脸,不让她往窗外看。

路边的水沟里躺着尸体。我很快看见一只胳膊,直直地伸向天空;然后,我发现有尸体被扔在田野,有些脸埋着,有些脸很清楚。嘴巴朝上,发不出声音;眼睛朝上,看不见东西;额头朝上,永远地睡去。

身边的老太太悄悄说:"都是今晚被枪毙的。"路上有坑,车经过时,跳了跳。埃塞基耶尔的尸体,埃塞基耶尔的坟墓,埃塞基耶尔不在了……这些语句敲打着我的脑袋。我们颠簸着来到河边,来到鳟鱼聚集处,来到重建的桥边。载满士兵的军车应该从桥上通过,沿着公路上山,开到煤矿的外墙边。

前方座位上的男人展开一张报纸,越过椅背,我看见了照片。

"弗朗西斯科·佛朗哥将军……"突然,我想起了那张脸,奥维耶多的那个早上,那场婚礼,他的名字出现在报纸简讯上,我想起他的目光越过一大群人的脑袋,注视着街道远方。

当时,我很年轻,以为梦想会从那天开始实现,想象不出会有怎样的前景。我抚摸着胡安娜的头发,看着前方,看着笔直的公路。河边的树木直直地站着,如同肩并肩、正在站岗的军人。

叙述我的一生……胡安娜,我累了,就到这儿吧!接下来发生的事,你和我一样清楚,你记得比我牢,因为那是你的一生。

木兰花苑,1989 年 8 月